中公文庫

男の背中、女のお尻

佐藤愛子
田辺聖子

中央公論新社

男の背中、女のお尻　目次

Ⅰ　男の結び目

Ⅱ　男と女の結び目

男の背中、女のお尻

I　男の結び目

愛子まえがき——一緒に酒飲むオッサンがいたならば

折にふれいうことだが、私は対談下手である。下手であるから当然、好きではない。なのによく対談を頼まれるのはなぜか、私にもその理由がよくわからないが、わからぬままに、頼まれるとノコノコ出て行く。よく頼まれるわけは、決して断らないという、ただそのことだけかもしれない。

田辺のお聖さんは、私よりももっと対談ギライらしい。対談してるより、オッチャンとお酒飲んでる方がよっぽど面白いもん、といわれる。

私が対談ギライといいつつ、ヒョコヒョコと出かけて行くのは、一緒にお酒飲むオッサンがいないためである。

「田辺聖子と対談してるより、うちのオッサンと喧嘩してる方がよっぽど面白いよう」

と私も一度くらいはいってみたいものだ。

この本の中の対談は『週刊小説』の連載対談である。『週刊小説』から連載対談を頼まれたとき、私は田辺聖子とでないとやらぬ、といった。

といって私はべつに、お聖さんとオッチャンとの楽しみに水をさそうと考えたわけではない。

男の背中、女のお尻

佐藤　男のひとには、あわれを感じるというのが多いんだけれど——あわれみのあわれでなくて、もののあわれのあわれを。
田辺　うん。なんとなくこう、ニュアンスで出てくるものね。特に男の人がうしろを向いてるときはあわれを感じる。
佐藤　背中？
田辺　うん。まあ、うしろを向いて仕事をしているときやね。
佐藤　でも、女の背中いうのはあまりあわれがないわね。
田辺　それはね、おしりが大きくなるから、こう、でんとしてるから、うしろ向けになるとすわりがよすぎて、あわれを感じる余地がないわね。ただ、男のあわれというものがわかるのは、女がやっぱり四十過ぎ……少なくとも三十五過ぎてからですね。
佐藤　そうねえ。
田辺　生きることの何たるかというのを知ると、やっぱり男のあわれていうのも感じるけれどね。それがわからないうちは、そんなんもちろん感じないでしょ。頼もしそうには見

えても、そんなあわれなんて感じないわね。わたしはねえ、仕事してる最中の男の人ての
は、あわれを感じるのねえ。あわれていうほうがおかしいけどね。

佐藤　そこが、ちょっと普通の女の人と違うね。普通の女の人は仕事してるときの男に魅力を感じるいうじゃないの。

田辺　ああ、そうか。いや、バリバリしてはるの正面から見てたらそう思わないの。それとね、何かこう、あんまり抜け目がなくてね、才ばしって、そつがないというのは、あんまりあわれを感じないね。

佐藤　うん、そうね。

田辺　うちのおっちゃんなんか、全然金もうけへたやし、おたくは医者だからもうかるでしょうなんていわれるけど、全然もうからへん。保険医総辞退した時だって、あんまり変わらへんねん、もらうお金が……。（笑）だいたいくる患者さんが少ないんだから。（笑）辞退したって、辞退せんだって、あんまり変わらへんから、そういう程度やから、まあ、もののあわれがあんねやろなあ。

佐藤　うん。うちのあに（故・サトウハチロー氏）なんか、もうわがままで、もう年がら年じゅううちで女房子供どなりちらして、それで出かけるときなんか、わりに時間が正確なほうだから、正確にちゃんと行こうと思って興奮するわけよ。で、たいがい出かける前

にどなったりなんか、いろいろするの。それほどおこっててもね、出て行くときに、（笑いながら）「行ってまいります」ていうてね、それがわたし、おかしくってしようがないのよ。つまり、少年時代から玄関を出るときは「行ってまいります」、入るときは「ただいま」っていって入ってくる、その子供のころの習慣がね……。それで、ものすごくおこり散らして、夫婦げんかして出ていくときでも、そこのところは忘れずに「行ってまいります」（笑）わたし、これおかしくてしようがないの。

田辺　何かすごくおこったあとで御飯食べるとき、やっぱり「いただきます」なんて、おはしとってる。（笑）

佐藤　ああいうところは、やっぱり人間てのはかわいいね。

田辺　おもしろいね。

佐藤　うん、おもしろい。

田辺　わたしね、さっき男の人の仕事の場であわれを感ずるっていうのはね、うちのおっちゃんなんかが、看護婦のいないときにやね、診察室で一所懸命準備をしてるわけよ。商売道具をこう、注射器を煮沸したり、一所懸命一人ではさみ持ち出して、脱脂綿なんかをちっちゃい三センチ四方ぐらいに切ってるわけ。それでガラスのびんに入れて、そのびんには、彼がへたくそな字で、うさぎのふんみたいな字でやね、「ふき綿」と書いたぁんねん。（笑）そこへ詰めてるわけ。そういううしろ姿ていうのは（笑いながら）実にあわれ。

佐藤　そら、わかるわ。

田辺　そのときにね、じょうずな字でね、右翼の看板みたいな、あんなりっぱな、墨痕淋《りん》漓《り》と書いてあっちゃだめなの。（笑）きたない、へたくそな字で、マジックでガラスに「ふき綿」と書いたぁんねん。そういうところが何かあわれねえ。（笑）

それから、診察室と待ち合い室との間に薬局があって、そこのガラス窓に、「お名前をおっしゃってください」と書いたぁんのよ。そんなんわたしにいえば、まだしも彼よりじょうずな字で書いてやるのに、（笑いながら）へたくそな字で、ひょこい、がんで書いたぁんねん。そういうの見るとき、男の人てかわいいなあて感じるの。（笑）どうしょうもないね。やっぱりそれは、ふだん寝ころんでテレビ見てたりね、碁打ったり、ゴルフに行ったりしてるときのおっちゃんではだめなわけなの。

佐藤　うんうん。

田辺　仕事の場でそういうのがなければ、あわれをそそられないね、フフフ。

佐藤　しかし、男のほうとしては、そういうところであわれをそそられてるといわれると、おもしろくないでしょうねえ。

田辺　非常にやりにくいと思うわ。（笑）

佐藤　でしょうねえ。（笑）

田辺　だから、いやだっていうの。もの書きの女を嫁はんにするやつの顔が見たいて。不便やろね、いちいち。

佐藤　わたしなんか、倒産して別れた亭主ときどきやっぱり来るわけですよ。そうすると、彼はね、よれよれの洋服着てね、破れた靴下はいてるとね、それでちゃんと調和がとれてるわけ。これがたまに新しい靴下をはいたりしてると非常にあわれを感じる。（笑）

田辺　それはふしぎだな。

佐藤　これはついに靴下もこれ以上はけんから新しいのを買ってきたと、で、どっかで、町角の靴下屋で買ったのであろうと、それではいてきてると思うとね、ほんとにかわいそうに思うわ。これはもののあわれを通り越してね……よれよれのほうが安定してるわけ、見るほうが。

田辺　うーん、そういうもんかいなあ。

○

佐藤　わたしね、あれはだれの結婚式だったかな、三島由紀夫と結婚式で会ったことあるのよ。そのときに、普通のワイシャツじゃなくて、胸の辺にピラピラのついたワイシャツね、あれ何ていうのか知らんけど、そういうのを着てね、あの人豪傑笑いするわけよ。それで、はなやかな結婚式が始まる前の待ち合い室のところでね、文壇の人たち、あ、北杜夫の結婚式だったかしら……。文壇の人たちが大ぜい来てて、それで、あっちで豪傑笑い、こっちで高笑いというふうに彼やってるわけよ。いつも彼の行くとこ中心なわけですよ。席を変えてもね。

ところが、ああいう会のときていうのは、ひとりでにサーッと何となしに人がいなくなってしまう瞬間というのがあるわけ。それで、何となしに人が薄くなって、いなくなって、一人ぼっちになったわけですよ、三島由紀夫が、（笑）ね。

田辺　（笑いながら）あり得べからざることやね。

佐藤　（笑いながら）そして、そのときに彼はどういう顔をしたらいいかわからんわけ。そういうときに一人になったことないから。で、いつも豪傑笑いして人の注目をあびてると、その注目がなくなったときの顔ね、それが何かぼう然としたような、何ともいえない顔してて、それでこのヒラヒラのついたワイシャツ着てね。そのときに、わたし、やっぱりあわれというか、ある親しみというかねえ、ウフフッ。

田辺　だいたい、英雄とか天才なんていうのはあわれね……。しかし、それは三島さんらしいね。

佐藤　ねッ。
田辺　一人になれん人なのね。
佐藤　そうなの。
田辺　だから、死ぬときも道連れひっぱっていったのね。
佐藤　私、この前、ルポの取材で、入墨《いれずみ》師のところへ行ったの。三島さんが切腹する一週間ほど前に、入墨してくれって来たんだって。
田辺　フーン。
佐藤　それが、遠山の金さんのしてる入墨、桜吹雪ですか。それを胸にしてくれというんです。で、遠目にはえる入墨してくれっていったんだそうよ。
田辺　なるほどね。
佐藤　それで入墨師が、遠目にはえるんだったら桜吹雪よりも緋ボタンの大輪を二輪ここに（両手を胸に当てる）するほうが遠目にはえるといったの。そしたら、彼いたく喜んで、ぜひそれ頼む、それを三日とか四日とかでやれっていったんだって。あれは一日にこれくらい（三センチぐらい指で示す）しかできないんですよ。体力の限界で。それで、そんなに早くできないっていったら、それじゃやむを得ないといって帰っていって、一週間後に切腹したんです。彼はあのバルコニーに立って演説ぶったでしょう。あのときに、パッと胸を開くつもりだったのよ。
田辺　そういうあわれさていうのはあるねえ、三島さん、チョッチョッとそういうところにね。
佐藤　あるねえ。ああいうタイプの人にはそういうヒョイとした瞬間のあわれさね。
　しかし、たとえば井伏鱒二なんてのはそのあわれはないと思わない？
田辺　あれはないな。
佐藤　それから、野坂昭如もないですよ。
田辺　野坂はないの？
佐藤　ないんですよ。
田辺　自分で知ってるから？
佐藤　うーん。
田辺　自分で知ってるやつはないのよ。
佐藤　だから、野坂昭如には、わたしは個人的には知らないけど、どうも、ない感じするね。いっそまた、太宰（治）までいくと、これないね。
田辺　うーん、太宰、織田作（之助）ていうのはあんまり感じられない。
佐藤　ないわねえ。ちょっとありそうだけれども、太宰なんか全くないですよ。

田辺　川上宗薫はどうですか。（笑）
佐藤　川上宗薫は大あり、あれは。（笑）
田辺　あれはあるねえ。（笑）あの笑い方が、あるよ。（笑）五木（寛之）さんていうのも、ない人ね。
佐藤　ないわね。
田辺　五木さんとか、司馬遼太郎さんなんてのは、ないね。
佐藤　うん。やっぱり一番ないのは井伏さんじゃないかなあ。
田辺　井伏さんはねえ、あれは、あありっぱすぎるとね。もののあわれなんていうカビがくっつくひまがないのよ。（笑）あれはやっぱり、ちょっと不潔な土壌に出てくるバイ菌ですからね、（笑）もののあわれなんてのは。ああいうふうに透明清澄になってしまうと、これはだめね。
佐藤　フウン。
田辺　あんまりりっぱすぎるようなのはだめなんだなあ。
佐藤　これは、いよいよぐうたら好みになってきたよ。
田辺　でもね、ぐうたらを標榜《ひょうぼう》したら、まただめなのよね。
佐藤　だめなの、だめなのよ。まあ太宰なんかはそれでなくなってるわけでしょう。

田辺　太宰があんなに有名にならなくって、そのまま死んだら、無名のままで死んでれば、ものすごいものをまわりの人に残したでしょうね。

佐藤　でもあの人、自分で背中にあわれと書いてるでしょう。そういう感じがあるんやね、背中に。

田辺　あわれと書いてね、けんか場に身を挺《てい》して、あわれという子供をくりつけて、板割りの浅太郎みたいにちゃんとやってるわけだ。これは困るなあ。ない人はない人でりっぱよ、井伏さんみたいな人はね。

佐藤　そう。

田辺　井伏さんとか丹羽（文雄）さんなんて、りっぱじゃない。

佐藤　うーん。

田辺　吉行（淳之介）さんはどうなの。

佐藤　あれは、やっぱりないほうじゃない。

田辺　あれはないでしょうね。

○

佐藤　「文芸首都」の保高徳蔵《やすたか》先生は、ほんとにあわれを感じさせる人だったわね。保高家じゃ、お金はぜんぶ先生が握ってたのよ。

田辺　そうお。

佐藤　それで、地方から現金書留で会員から会費を送ってくるじゃない。それで、引き出しへ入れてあるわけよ。よくわたしが手伝いに行ってたから知ってるんだけど、何かお金のいり用があるとね、パパ何々買ってくるって奥さんがいうでしょう。すると引き出しあけて、はさみでそれを切って、それがどういうわけか、ピカピカの新しいはさみで現金書留の、その中からお金を奥さんに渡すわけよ。これでも保高先生がするから、そこに——現金書留の封の切り方でも、はさみできっちり切ったりしてね、そういうあわれがあるんでね。別の男がそれしたら、いやらしい男ってことになるんですよ。おんなじ一つのことしても違うんですよね。

田辺　靴下がそうよね。

佐藤　そうそう。——（しんみりと）ほんとにあすこへ行くと、悲しみにあふれて帰ってきたわ、わたし。

田辺　わたしはおうちへ二回ぐらい行ったんかしらん。やっぱりうしろ姿があわれに満ちてたわねえ。

佐藤　うーん。それで、保高先生がね、「文芸首都」の金繰りのためにもう必死だったでしょう。行くと、縮みのステテコにね、何か麻の、夏のほら、おっさんが着る、大阪のおっさんがよくステテコとシャツ一枚で町歩いてるでしょう。大阪の人だから、そういうかっこうで一日いるわけよ。その縮みのステテコ姿がいかにも悲しくてねえ、わたし、（笑）もう保高先生が縮みのステテコ着てられるとわたしはもう拒絶する力がなくて、「文芸首都」のために金出したわよ。（笑）今度から佐藤愛子のとこへ金借りに行くには、縮みのステテコはいて行けなんていってる人がいたけども、あれにはもうわたし抵抗力失ったなあ。

田辺　そうだろうなあ。

佐藤　やっぱり保高先生も、新しい靴下はいてるとね、悲しいですよ。（笑）新しい靴下の似合う人ての、いるわけね。石原慎太郎みたいな。

田辺　そうそう。

佐藤　そういうのは気楽でいいんだけど。

田辺　しかし、女て、やっぱり気楽な人を見つけないとだめね。

佐藤　だめなんだけれども、やっぱりその、あわれのある男のほうが好きだという場合もあるから、これ困るね。

田辺　そこが矛盾なのよねえ。

佐藤　うーん。

田辺　だから、こっちは感じないで、向こうに感じてほしい。向こうは捨てられないやないの、あわれを感じたら。そううまくいかないかナ……。

ここで一パツ泣く女

佐藤　わたしは、どうしようもないと思うのは、新婚旅行に出かけていくときの、新幹線の中のあの、新郎新婦ってやつ。これどうしようもないね。

田辺　うーん。

佐藤　大体あれ、新郎のほうが散髪してるのが気にいらんでしょう。(笑)それで、新しいかばん持ってるのも気にいらんわよ。ああいう気恥ずかしさに平気でいるということは、わたしは許しがたいように思うけど。

田辺　それから、戦後からはやり出した、新婦の新婚旅行のときだけの帽子……。

佐藤　それそれ、で、その帽子の色が洋服とおそろいの色になってるのよ。(笑)靴もね。ああいうのやっぱり、かわいくていいじゃないかと思うようになるには、もうちょっと年とらないかんのかしらね。

田辺　あんた、まだなまなましいからや。(笑)

佐藤　(笑いながら)田辺さんどうですか、かわいいと思う?

田辺　そらやっぱり、いやねえ。わたしね、大体結婚なんてものは、内緒に、秘密めかしく恥じてすべきだって思うのよ。（笑）ただ、しないでいっしょにいると、まわりが不自由やからね、一応社会的に……。

佐藤　あ、結婚式？　式の話、ただ結婚という形？

田辺　式よ。結婚という形じゃなくて、結婚式。あいつとあいつといっしょなのていうのは、あとでだんだん、おいおいに知れてくるっていうのは、まあ困るからね。返事のしようもないし、あいさつも困るから、一応みんなに知らせるべきだけど、そんなもんはがきで送ったら済むことでね、あんまり堂々としてやるのは恥ずかしいねえ……。

佐藤　恥ずかしいね。

田辺　恥ずかしいていうのは、いけないのかねえ。

佐藤　だけど、結婚式や新婚旅行堂々とやるのは恥ずかしいというのは、これはやっぱり年とった証拠なんじゃない。やっぱり、われわれとしては、結婚式をやりたいと思うようでなければいかんのと違いますか。（笑）

田辺　うん。それを否定するのは、われわれには、要《い》らざる想像力が多すぎるからではないやろか？　佐藤さんは、この前、別れたダンナが新しい靴下をはいているのを見ると、もののあわれを感じたいうてはったけど、それは元のダンナが靴下買ってるときのうしろ姿まで想像してのことでしょう。

佐藤　うん、そうそう、そうそう。（笑）
田辺　それじゃ助からないよ。そらもう、ますます損するばっかりや。
佐藤　（笑いながら）この想像力のためにどれだけ損をしたか、わたしはわからないわ。
田辺　いや、想像力のあるってのは不幸やねえ。損をすることが多いわ。だからわたしは、教養とは想像力なりと信じてんの。まあ想像力があるから教養があるとはいえないけど。
佐藤　そうよ。
田辺　たとえばわたしは、この間東北へ行ったとき、四泊五日で仕事で家をあけてるでしょう。行くときは、ちゃんと一日一日のお献立書いて、その分ちゃんと封筒に一日一日の食費入れといて、日にちのとおりにきちんと並べて、家政婦さんにことづけて出るんだけど、やっぱり行っても、もう手に取るように想像できるわけね。
　で、いまごろうちのおっちゃん一人で飲んでんのんかなあなんて思うでしょう。全然そんなん考えなければいいんだけど……。男の人でも、やっぱりそんな想像力があるのかねえ。どう思う?
佐藤　そら男のほうがあるんじゃない。結局、そういうふうに想像することができるというのは、ゆとりでしょう。
田辺　そうね。

佐藤　だから、比較的やっぱり男のほうがゆとりがあるから、そういう点で女よりも男のほうがやさしいていうじゃない。
田辺　うん。
佐藤　女は想像力ないですよ。パーセンテージからいくと、ない人のほうが多いと思う、男にくらべて。

○

田辺　それはあんた、女の本質でね、想像力があると子供なんか育てられないのよ。想像力ないから子供育てられるんよ。これはもう、神さまの責任やね。
佐藤　だから、大体想像力のないのがふえてきてるからね、子供を育てるのは楽しいことやなんていうのはね、想像力がないから、楽しいことだと思ってるわけ。
田辺　想像力がないから、あんまりよく知らない人とでも結婚すんのと違うのかな、若いうちに……。やはり、わたしの理想をいえば、二十代はまだ結婚したらあかんと思う。二十代後半になってやね、結婚すべきやと思うんですけれども。
佐藤　じゃ、なかなか結婚できなくなるわよ。
田辺　そのときに、子供がほしい人が困るわね、あんまりおそくなると。それはまあ、医者の怠慢やね。高年齢でもちゃんと産めるというようなこと、研究せなあかんね。そうでないと、なかなかそんなん、人間の自由な生き方できないもん。
佐藤　でもそれは、想像力がないから結婚できるんで、想像力ができてきたら、ますますしなくなるでしょう。
田辺　そうかね。
佐藤　そうよ。子供産むということにしたってそうだもの。
田辺　そうね。
佐藤　やっぱりああいう何か、妊娠中の醜悪な形とか、お産のときとか、そんなこと（笑いながら）きわめてあたりまえの顔して平気でやってるということでも、女がいかに鈍感であるかという証拠だわ。
田辺　想像力がないから、子供がちっちゃいときにいろいろ世話をするていうあの労働にも耐えられるんでしょうね。
佐藤　そう。でも、この想像力っていうのも、世の中がこういうふうになってくると、ますます鈍磨して、なくなるね。だって、危険とかいうものに対しての想像も働かなくなってるじゃないの。
田辺　それから、人間関係がね、お互いに想像力を相殺するような関係ばっかりになってるでしょう。想像力なくてもやっていけるのよ。いまはもう。
佐藤　女ていうのは、元来、日常的であり現実的な存在だから、一般には想像力が少ないのよ。一方、男のほうは、ロマンチストであるというふうなものを持っているのよ。
田辺　ロマンチストていうのは？
佐藤　現実に携わるべきものでないと……。
田辺　フフフフ。
佐藤　たとえば、台所に立って、まな板コトコトいわしておネギきざんだり、皿洗ったりね、するべきものじゃなくて、そのような存在ではないんだと、そういうふうに女の側で思ってることが作用する面もあるんじゃないかという気がするんだけど。
田辺　うんうん。わたし、それとね、なにか男の人には男だけのユーモアがあると思うの。女にはユーモアがあんまりないよね。
佐藤　いや、わたしも初めそう思ってたけどね、やっぱり中年女なんかにユーモアそのものを感じること、このごろしばしばあるけど。
田辺　存在自体にでしょ。
佐藤　うん。だから、それはなんての、デリケートなもんじゃないのね、そのユーモアはね。ある部分じゃなくて、やっぱり存在そのものがユーモアなんだ。

田辺　男の人ってのはユーモアを持ってるでしょう。男の人がいうことだけがユーモアなんじゃなくて、なにかその本質の中に持ってるみたいなところがあるね。
佐藤　うん、それはゆとりじゃないの、そういうことじゃなくて？
田辺　ゆとりもあるし、ユーモアを含んだ存在なんかなあ。
佐藤　どういう意味、それは。女は自分がユーモアであるということを知らないでユーモラス、で、男のほうは知ってるという意味？
田辺　知ってるの。
佐藤　知ってる？
田辺　うん、わかるのね。
佐藤　フン、それはやっぱりゆとりじゃないのかなあ。
田辺　そのね、さっきのあれじゃないけど、現実にあんまりタッチしないでしょう。だからユーモアがあるし、わかるのね。
佐藤　うーん。
田辺　女なんてね、やっぱり子供産んだり育てたりするとね、ユーモアなんか育ててるひまがないでしょう。
佐藤　うんうん。だから、わたしは、女が現実にかまけて、その中で髪ふり乱して必死になってるときに、ユーモアを感じるわけよ。

田辺　そのユーモアは男にわかるかなあ。わからないでしょうね。女が見ておかしいのんじゃないの？

佐藤　いや、これはわたし、男の感覚じゃないかと思うけど。

田辺　そういう中年女のユーモアっていうの、書いてくれた人ないね、男の人であんまり。

佐藤　じゃ、男はユーモアを感じずに、やっぱりやり切れなさを感じるのかな。

田辺　うん、そうなのよ。

佐藤　それはまだ男の至らんとこですね。（笑）

田辺　男の人はそこまで女を詳しく見ないよ。女の人を見るとすれば、若い女しか見ないし（笑）書かないし。だから、そんなんがわかるのは井伏さんぐらいと違うの。井伏さんの書いてるのは、よく中年の女の人のユーモアが出てくるけどねえ。

○

田辺　涙っていうのはどうなの、女の涙ていうのは。意外と簡単に出るね。

佐藤　出そうと思えばね……。男はそれ出ないいんじゃないかな。出そうと思っても。

田辺　そうかねえ。男だって意外とよく泣くよ。（笑）

佐藤　いや、でも出そうと思って出すことは少ないんじゃない。女はここで一パツ泣いたろうと思って泣くでしょう。男はここで一パツ泣いたろうとはなかなか思わないんじゃないかしら。
田辺　そうかねえ。どうかなあ。
佐藤　自然に泣けてくるから泣くんじゃないかと思うんだけど。これちょっと好意的に見すぎるか、甘いですかな。
田辺　わたしはちょっと保留やね、それはわからないね。（笑）
佐藤　だけどね、男の、ここで一パツ泣けたらなあと思うときがあるでしょ。でも、ちっとも泣けやしない、そういうふうに意識しちゃったら泣けないんでしょう。それはやっぱり男ですよね。
田辺　それで涙が出てくれれば楽なんでしょうけど……。
佐藤　そらやっぱりね。そこで泣ける男いるとしたら、やっぱり男性的な男ではないんじゃないかという気がするんですよね。
田辺　でも、このごろ若い男の人ね、なんていうんですか、モノセックスみたいな、わりとそういうのにありますよ、泣くのが……現実的に。
佐藤　そうねえ。わたしはこの前ちょっと書いたんだけど、なにか名前は忘れたけど、結婚式で泣くっていう歌い手がいましたよ、男で。これ週刊誌で見たから、ほんとかうそか知らないけれども。それから石坂浩二が結婚式でものすごく泣いて、こんなに泣く男は初めて見たって、牧師さんが驚いたと週刊誌に出てたでしょう。

田辺　ほんとう！

佐藤　うん。昔は結婚式っていうと、嫁さんが泣いたもんですよ。今は嫁さんは泣かないで、なんで、むこさんが泣くのか、それはどういうわけだって書いたことがあるけれども、ふしぎねえ。あれはやっぱりここで一パツという根性から出た涙ですかねえ。

田辺　そらやっぱり、波瀾万丈の来し方を振り返って。エヘヘ。

佐藤　だって、二十五や六で波瀾万丈の来し方なんかあるわけないですよ。

田辺　だけど、それは四十代の人間の考え方で、向こうにしてみたら、そう思うてますよ。しかし、泣くといえば、佐藤さん、あんた一人で泣くことある？

佐藤　一人で……それはあるわよ。

田辺　何カ月に一ぺんとか。

佐藤　ハハハ、やっぱり一人で泣くていうときは、ちょっとヒステリー状態みたいな、そういう精神状態のときじゃないかと思うから、集中的に泣くね。平均的に（笑いながら）一月に一回とかっていうメンスのようにくるわけじゃなくてですね。なにか神経が疲労してるとか、そういうことじゃないかなあ。
田辺　からだも疲れたときね。
佐藤　白血球が減ってるとかね。だけど、男は女の涙に弱いですね。
田辺　わたし試してみたことない、一般の男には。
佐藤　あれはやっぱり、男は対処しようがないんでしょう……。どう対処していいかわからなくなるんでしょう。
田辺　それは人によるわよ。そういう心やさしき男にぶっつかればいいけれども、うちのおっちゃんなんか、わたしが泣いたら、よけい硬化するよ。
佐藤　それは夫婦だからよ。
田辺　そうかしらん。
佐藤　夫婦でない場合は、やっぱり女に泣かれると弱いんじゃない、おたくのおっさんでも。
田辺　そうかなあ。
佐藤　今度きいてごらん。
田辺　しかし、このごろの若い女性は泣くのかな。
佐藤　いや、ここで一パッ組は多いんじゃない。

田辺　やっぱり多いのかねえ。
佐藤　うーん。
田辺　じゃ、女の本質も男の本質も……。あ、男は変わったのか、女はあんまり変わらないわけねえ。――しかし、泣くっていうのはどうもいかんね。論理の欠如をあらわしてるようなもんやねえ。
佐藤　だから、これ女が泣かなくなったら、男、困るよ。論理ばかりで涙がかわいたら。（笑）
田辺　だけど、あんまりねえ……そればっかりで生きてるのは芸がないんじゃない、何万年もの間、女が泣いてばっかりいるっていうのは。
佐藤　でも理屈で六時間ぶっ通しにまくしたてて、しゃべり散らすのと、二十分泣かれるんだったら、わたしは二十分のほうを選ぶね、わたしが男だったら……。二十分でなくても二分でもいいわ。
田辺　そら時間の経済観の問題でしょう。

かわいげのある男、ない男

佐藤　きょうも憤慨してむちゃくちゃいったんだけど、ちょうど出がけに、ある婦人雑誌の編集部から電話がかかってきてね、このごろ腕力ふるう女房が出てきて、亭主、なぐられるらしいのよ。それから、亭主を出世させようと思って、しりをたたくとかね。男はもう、へとへとになってるってわけ。それで、そういう女房をいかにして懐柔するか、その方法を十五枚に書いてくれっていうんで、わたしもう、カッといきどおって——だいたい亭主ともあろうものが、いくら外で疲れはててもですよ、女房教育もやれないで、人に相談してその方法を問うとは何ごとかっていったの。（笑）

　だから、女房をよくするための方法考える前に、自分がいかに強い人間になるかということ、てめえの頭のハエを追ったほうがよろしい。それが追えないんなら、自分はそれだけの力しかないんだから、この女房でしようがないと思うか、そのがまんができないんなら別れてどっか山の中で、タヌキの穴の中へでも入って寝てるほうがいいだろうといったら、そんなにいってしまったら、身もふたもないっておこるわけですよ、相手は。（笑）だから、とてもそんなめんどう見きれないの。

田辺　だけどそんなに亭主を出世させようとして一所懸命になってる奥さんて、実際にいるのかしら。
佐藤　だから、出世させようとして一所懸命努力するということじゃなしに、ハッパかけるわけでしょう。ののしるわけですよ、出世せんといって……。
田辺　いつまでもヒラ社員でいるから……。
佐藤　そうそう。だから、出世させるために、自分もいろいろ努力するというんなら、まだましなんだけどね、自分は努力しないで、ただ亭主を努力させようとしてののしるということらしいんですよ。私はだいたい、いまの男あかんと思ってますけどね……。
田辺　オールあかんのですか？
佐藤　だいたい、あかんほうの傾向に向かって進みつつあるみたいに思うけど……。
田辺　そうやねえ……。
佐藤　田辺さん同情的ね。
田辺　ウーン、わたしはただね……、テレビのニュースかドキュメントで、夫が蒸発したといって、そのかあちゃんがブラウン管に出てきて、おとうちゃん帰ってくださいて、涙を滂沱《ぼうだ》と流していうわけよ。そういうときひどく憤慨するの。
佐藤　だれに？

田辺　女に対してよ。女のくせになんていう女々しいやつだと、ホホ……。女一匹、亭主が蒸発したぐらいでどうちゅうことないと。見てたらわたし、ものすごく腹立つのよ。ところが、男の人が、かあちゃん帰って、なんて、子供の手両方ひっぱって泣いてると、もういじらしくてね……。かわいそうに……痛々しくてしょうがない。

佐藤　それはやっぱり、男が子供の守りしたり、台所に立ってネギきざんだりしてると、みっともないって感じがあるっていう、そういう感覚からきてるんじゃないの。

田辺　ウーン、男は強いっていうのは、もうあきらめてしもたのよ。そんなんあり得るはずがないと思うの。だから、帰ってきてなんていうて泣いてると、もういじらしくて、痛々しくて、で、その蒸発したヨメさんに対して腹立つの。いたいけなもん残してなんて……。（笑）

佐藤　だけどこれは、男にとってえらい侮辱よね。

田辺　もうそんなん求めてないわけよ、わたし。

○

佐藤　田辺さん、あんた、男はやっぱりかわいいというふうに思いますか。

田辺　そら、かわいいわ。わたしね、だいたい男の人て、みなかわいげがあると思うな。

まあ、かわいげのないのもいるけどさ……。
佐藤　かわいげのないのが多くなってきたね。
田辺　うん、そりゃそうね……。かわいげっていうのは、どんなんでかわいげっていうのかなと思うたら、この間わたしと同じぐらいの歳の友だちと吉川英治の「三国志」の話をしてたときに……。
佐藤　それは男の友だち？
田辺　ううん、中年の女の友だちと。で、だれがあの中で好きかというと、やんちゃで頭のいい曹操《そうそう》とか、大人物みたいな劉備《りゅうび》とか、いろいろ出てくる中で、わたしの好きなのは呂布《りょふ》っていう勇士なの。偶然その友だちも呂布だっていうの。呂布っていうのは、ものすごく大男で、力持ちで、そして、「洛陽、人は多けれど勇士の一は呂布・奉先《ほうせん》」て都でうたわれて、一番の勇士なの。赤兎馬《せきとば》ていう馬にまたがって、勇ましく戦うわけよ。ところが、好漢惜しむらくは、ちょっとおつむが弱いのね。それで、董卓《とうたく》ていう悪逆なやつに一所懸命つかえて、ロボットさながらに動かされて、董卓のボディガードをしてるわけ。
　それが貂蟬《ちょうせん》ていう非常にきれいな女スパイにまんまとだまくらかされて、ご主人の董卓を討つ手伝いみたいなんさせられてしまうの。その頭の足らんところといい、貂蟬とい

う女にこてんぱんに手玉にとられてるところといい、それがかわいらしくてね……（笑）

「三国志」の中で一番いい男やわ。

佐藤　いや、そんな男はわたし、最も踏みにじりたいと思う男やね。

田辺　でも、そういうのが、わたしのいう、男のかわいげなのでね……。そういうかわいげのある男の人っていうのはいなくなったのよ。みんなかしこうなって、なんでも知っとるわけやねん。

佐藤　うん、知っとる知っとる。テクニックを弄《ろう》するようになったわけですよ。

田辺　そうやねんわ。どうして男のかわいげがなくなったんかしら、このごろ。みんなずるくなってきたね。

佐藤　器量が悪くて、そして自分は、器量が悪いとか、女にモテないとか、そういうことをちゃんと自覚してる人っていうのは、わりにいいんじゃない？

田辺　ウーン、あんまりそれにこだわってられると困るわね。（笑）

佐藤　わたしは女に対して自信持ってるっていうのは、一番魅力ないな。

田辺　それは男に対して自信持ってる女ちゅうのも、男からみても魅力ないのとちがうやろか。大体、自信なんて、そんなん若い人だけちゃうの？

佐藤　そんなことない。

田辺　中年でも自信持ってる人あんの？

佐藤　そら中年のほうがあるんじゃない。容姿じゃなくてでしょう、男として……。女だって同じよ。

田辺　うん。自信たっぷりっていうの、魅力ないね、ユーモアがないわよ。

○

佐藤　だけど、女のかわいげっていうのはどういうところにあるのかな。かわいい女っていうのはどういうの？　わたしが男だったら、どんな女かわいいと思うかといったら、やっぱり正直な女っての、かわいいと思うんだけど。

田辺　女にはちょっとわからないなあ。うちの亭主にいわせれば、こっちがめんどう見たげなしゃあないっていう女が、やっぱりかわいいんでしょう。

佐藤　だけど、いまの男は、だいたい、めんどう見られたいというほうがふえてるからね。だから、かわいい女になろうとしても、非常にむずかしいですよ、わたしはなりたいけど。

田辺　かわいげっていうのは、席が一つしかないわけよ。いす取り遊びみたいに、みんな早いとこそこへすわろうとするから、まごまごしてるもんは、あとへ残ってめんどう見なあかんねんけどね。どっちかが、かわいい男か、かわいい女になってしまったら、片一方はやっぱりかわいがらなきゃしょうがないでしょう。
佐藤　しょうがないわけか……。二人ともかわいかったら……。
田辺　それは非常に困りますね。女としては非常に生きにくくなってきたねえ。
佐藤　だけど、ほんとうにかわいい女っていうのは、いないんじゃないかしら。
田辺　昔はいたんじゃない？
佐藤　昔、いましたかあ？
田辺　だって、チェーホフにあるやないの。
佐藤　だからチェーホフは皮肉として書いたんじゃない、フフフ……。それとも理想？
田辺　そうそう。そういえばわたし、近松に出てくる浄瑠璃の女っていうのも、みな理想やと思うの。あんなもん、江戸時代だっていなかったでしょう。
佐藤　いない、いない。
田辺　江戸時代の商家のおかみさんなんて、腰のあたりにこんだけ（両手を合わせて輪をつくる）鍵束結びつけて、裾、サーッと引いて、ジャラリジャラリと鍵束をならしながら歩いてたんでしょう。一の蔵、二の蔵、三の蔵て、鍵全部おかみさんが持ってるわけだから、千両箱であろうが何であろうが、おかみさんがうんといわなきゃ出せないわね。だから、その反対の理想として、「おさん」が出てきたり「小春」が出てきたりするんやと思うの。

佐藤　そういうかわいい女は、作者の夢ですよ。だけど、現代は、そういう夢の女を書く作家はいないね。

田辺　いないね。だれも夢なんか見ないんじゃないの。現代の夢はやね、佐藤さんみたいにジャンジャンバリバリかせいでさ、なんでも引き出せるっていうのが夢なのよ。（笑）しおらしくいきゃ、自分がえらい目せんならんの知ってるもん、男の人は。だから、現代のかわいい女っていうのは、かせいで、お人好しで、間が抜けてやね……。

佐藤　それじゃ、わたし、かわいい女か。（笑）

田辺　そこいらがかわいい女やね。

佐藤　なろうと思ってたけど、気がついてみたらそうであったわけですね。（笑）

田辺　無意識になってたわけよ。しかし、佐藤さんなんか、ほんま、見てたらかわいいよ。一所懸命男性を叱咤《しった》鼓舞して……。そのうしろ向けてみたら、ほころびが出て、抜けてるんだから……、ほんとうにあなたは間が抜けてるよ。

佐藤　ホッホッホ、まあ、そういいなさんな。

○

田辺　わたしが男だったとして、もし女のかわいさっていうものを見つけるとしたら、非常にまじめな女の人、ユーモアもわからないっていうようなかわいさ……。

佐藤　かなわんよォ、そんなもん、あんた。

田辺　そやけど、まあそんなん、程度問題よ。そら、何いったってわからないのと違うわよ。

佐藤　うーん、まじめねえ……。

田辺　だけど、本人はものすごう一所懸命なにかしてるのに、はたから見てるとユーモアだっていうのがあるでしょう。ああいう女の人っていいんじゃないの。

佐藤　ひたむきということ？

田辺　わたしの知ってる男の人、うちのヨメはんは実にユーモアがわからへんねん、おれなんか会社から帰っておもしろい話してもそれどこがおもしろいの、教えて教えていうねんて。（笑）そやから、女もユーモアがわからなあかんていうてるけど、奥さんが男と同じようにユーモアがわかって、ハハハなんて笑われたら、やっぱり男の人、どうしようもないんじゃないかなあと思うよ。それどこがおかしいの、教えてっていう女の人のほうがかわいいんじゃないの。第一、その男の人、そんなこといいながら、救われたような顔してるもん。男とおんなじ程度にユーモアがわかるっていうの、これ女房失格やなあ、ほんとに。

佐藤　男性的なわけね。ユーモアのわかる女というのは、男性的女であるということだわ。

田辺　そうそう。男の要素が入ってるわけ。

佐藤　だけど、それどこがおかしいのって、説明してやって、それでアハハ、そこらあたりまでならいいけどもねえ。

田辺　そうね、いってもわからないというのがある。

佐藤　うん、そこで、それがなんでおかしいっていって、開き直って説教されたりする危険だってあるわけですよ、ホホ……。そういうことで笑ってるようだからだめだと。

でも、大体くそまじめっていうのはユーモラスだわねえ。

田辺　はたから見てるとね。

佐藤　わたしの場合も、これで、非常にくそまじめなところがあるわけですよ。

田辺　そうなのよ。

佐藤　どっちかっていえば、ユーモアを味わうほうじゃなくて、存在そのものがユーモアだなんてよくいわれるけども、やっぱりまじめなんですよ、わたしは。

田辺　まじめな人ってユーモラスよ。

佐藤　田辺さんは自分どう思う、まじめ？

田辺　わたしは非常にふまじめやな。だから、あんまりユーモアの要素がないわけ。

佐藤　ユーモアを見つけるほうね。
田辺　そうね。だから、同じようにふまじめな人は困るわ。うちの亭主はおそろしくまじめやから、何をしても何をいってもおかしいねん。そういう組合わせってありますね。
佐藤　あるわね。だから、夫婦がうまくいくかどうかは組合わせですよ。
田辺　それを昔の人は相性っていう表現でいってるわね。
佐藤　相性ね。
田辺　ところで、かわいいおじいちゃんなんてあるのかな。かわいいおばあちゃんていうのはあるけども。あんまりおじいちゃんでかわいいのないね。一刻なおじいちゃんというのは、やっぱりかわいいかな。
佐藤　ユーモラスという点で？
田辺　明治かたぎでこり固まってるというか、頭のてっぺんからつま先まで、明治精神で、もうハリハリしてるっていうような、こういう奇特なんいたらユーモラスね。自分でわからないときに力んでるから、非常にユーモラスね。
佐藤　あれはやっぱり、かわいいおじいちゃんの典型じゃない。
田辺　それと、男のかわいさで実名をあげるとね、わたし、田中角栄さんてずいぶんかわいいね。

佐藤　うん、あれやっぱり一所懸命……。

田辺　ところが、社会党の成田（知巳）さん、石橋（政嗣）さん、それから共産党の不破哲三さんだって、女が見てかわいげあるとは思わないでしょう。中曽根（康弘）さんだって、かわいげあるとは思えない。

佐藤　思わないね。

田辺　ああいうふうにかしこそうな顔って、ユーモアがないねえ。

佐藤　やっぱりかしこい人間ていうのはあんまりよくないね。

田辺　かしこくなればなるほど、男も女もかわいげから遠ざかるね。

佐藤　魅力もなくなるし。

田辺　おそろしくかしこければ、またいいのよ。中途はんぱにみんなかしこいから悪いねん、男も女も。大賢は大愚に似たりていいますからね……。（笑）しかし、石原慎太郎なんてのは、かわいげいうのはあんまり……、まあ同業の悪口いったらいけないけど、あんまりないね。

佐藤　大体二枚目ていうのは、かわいげないでしょう。

田辺　そうね、できすぎなのよ、あれは……。

権力欲あれこれ

佐藤　前の対談で、中年男の自信たっぷりなのはまったくかわいげがなく、魅力ないといったけど、考えてみると、男は中年になるとだんだん自信で固まるのと、そうでないのと二種に分かれるんじゃない？　やっぱり権力意識なんてのは、中年から出てくるんでしょう。若いときはないでしょう、権力ふるいたいっていう、権力への欲望は……。

田辺　権力欲っていうのは、人間生まれながらに――生まれながらいうたらおかしいけど、みんな持ってるものよ。女の子が結婚するっていうのは、権力をふるいたい、自分の思うとおりに、男を動かしたいなんていう権力意識があると思うね。大体、主婦連がものすごいどっしりして、泰然自若として見えるのは、権力欲を満たされてるからでしょう。そんなもんあんた、大阪でもどこでも主婦が右向け右いうたら、亭主も子供もシュッと右向くやないの。（笑）前へ進めいうたら、粛々《しゅくしゅく》と行進するじゃないの。

権力欲っていうのは、これは主婦にはたまらない魅力ですわ。それがあるために結婚するというのがあるんやと思うな。自分でソファの色変えて、テーブルクロスまで自分でかってにするでしょう。そういうことがあるから結婚する女の子が多いんだけど……。

佐藤　なるほどねえ。

田辺　権力欲が全然生まれない過保護娘、この過保護娘がまた困るんや。なんぼ親がお膳立てして結婚させようとしても、最後のとこで、「わたし、やっぱりいや」なんていうたりして、むりやり親が結婚させると、途中で逃げて帰ってきたりするのね。親のもとで、なんにもせんで遊んだりしてるのが一番いいという。あれは権力欲を喪失してるのよ、過保護でね。わたしは、人間て権力欲を育ててやらなきゃだめだと思うの。

佐藤　権力欲がなくなった娘がふえてるっていうことは、昔に返ったということじゃない？

田辺　いや、そうかなあ。昔は娘っていうのはかくあるべきだっていう、そのかく、あるべしという社会的な制圧でがんじがらめになってたから、結婚してああするものだと教えられてたけど、いまはもう、そのタガすらはずれてるから、どう生きたっていいという時代でしょう。だから、嫁にいって、いろいろ差配するのがしんどいのねえ。大阪弁でいう〝しんどい〟が一番ぴったりするわ。それに親元にいれば、毎月おこづかいもらって、衣食住不自由なしにおられるっていうのでね。

佐藤　けど、そのタイプは現在の女の中では最新型ですね。

田辺　うーん、最新型ですかね。わたしはちょいちょいと見るの。私自身が肝《きも》いりしたお見合いの仲介で、いいかげん忙しいのにもう何十本電話かけたかわからないわ。それでちゃんとお膳立てしたところが、その前の晩になって、当の女の子がきて、「すみませんけど、わたし、やっぱり気が進みませんから」なんて、舌っ足らずにいわれるの、ほんとにアタマ張りたくなるよ。（笑）それがいっぺんじゃないの、いままで何べんもなの。

だから、知合いの人から「田辺さん、あの子にひっかかったの、あれはもう世話しないほうがいいわ、あとでえらい目に合うから」ていわれてね、ウーンて思ったことあんの。わたしはその子はいっぺんなんだけど、ほかに二人ほど話を聞いたの。そういう女の子はどうしてもお嫁にいかないね。いまの生活が安穏すぎて、どうしても権力欲を持たないのねえ。

家庭つくるっていうのは、わたし、やっぱり権力欲だと思うな。自分のしたいように、家具の置き場所だって、何だって変えられるし、一軒の家を、持つっていうのは、一国一城の主ですからね。男の人もそうと違うかなあ。政治家の顔なんか見てたら、ほんとに権力欲が洋服着てるような顔してるけどなあ、フフフ……。

佐藤　大体男も課長とか何かになったとたんに物腰が変わるわね。それから部長、常務、専務となるにしたがって、もののいい方とか、声の出し方がだんだん変わってくる。ああいうふうになるとやっぱり女に対してだって、絶大な自信を持ってると思うわ、わたし。

○

田辺　恋愛時代には対等に話しても、結婚したら、亭主がとたんにいばるとか、逆に女のほうがガラリと変わるのも多いわね。

佐藤　やっぱり結婚したら、男のほうは、もう城あけ渡した感じになりますねえ。昔は城をあけ渡さなかったでしょう。いまは、城をあけ渡したほうが楽なわけですよ。

田辺　そうよ、それが男のずるさよ。

佐藤　楽な道選んでるんですよね、男は。女に権力ふるわせて、権力欲を満足させてやってるほうが楽なのよ。それにまんまと乗っかっちゃった。（笑）乗っかって、男楽させてるわけだ。

田辺　ヒモになってるわけだ、男がね。

佐藤　そうですよ、大体いまの男はヒモ的ですね。いまの家庭の平和が、そういう均衡で成り立ってるわけだな。だから、男がりこうになったんだ。そういう意味では、男のほうの権力意識ってのは、減ってるんじゃない？　昔は家庭でも権力ふるいたかったのよ。

田辺　うん、そうそう。昔の家長というのは、絶大なる権力だったわね。

佐藤　だけど、この調子でいったら、いまにもっと大きなもの背負わされて、男楽して女一人でフーフーいわなきゃならなくなるんじゃないかな。いまは女がいい気になって、権力譲られて、喜んで権力ふるってるけど……。

田辺　だけどいま、世帯の苦労は、ほとんど女がしてますね、子供の教育にしろ、家の中のゴタゴタにしろ、親類との交際……。

佐藤　そうねえ。

田辺　亭主ってのは、もう月給持って帰るだけで……。

佐藤　全部あけ渡してる。外国ではまだそこまで権力はあけ渡してないね、どうですか。

田辺　外国は非常に古いわ、特にヨーロッパなんか。この間アメリカ人と結婚した女の人が未亡人になって帰ってきたのよ。彼女がいうには、向こうでは、わたしは主人の収入が幾らあったか全然知らないし、死んだとき、遺産がどれだけあったかもわからないっていってました。夫の収入が幾らあるか、妻はみんな知らないらしいですね。

佐藤　だから、いま、日本の男の人ぼやいてるけども、昔の男に比べたら、ずっと楽ですよねえ。そうじゃないんですか。ぼやいて生活の知恵として何かつらいふりしてるんじゃないですか。ところが、女はふりなんかしてないでしょう。きわめてまじめに、必死でやってる。

田辺　そのかわり、男は女性を尊重するようになったね。

佐藤　一つのテクニックとして、尊重してるふりしてるんじゃないですか。だから、あれはアイルランドかどっか独立の闘士の若い女性がはやらしたんかもしれないけど、わたしは父親のない子供を産むんだという〝未婚の母〟も、案外男の謀略にひっかかってるのかもしれないわよ。

田辺　そりゃあ男はいいもんね、責任のがれて。

○

佐藤　〝未婚の母〟といえば、わたし、方々の女性週刊誌から、どう思うかと感想聞かれたのよ。だから、もういい古したみたいな感じになるけども、わたしは田辺さんも知ってのとおり、現在、夫と別れて、一人で子供を育てんならんことになったでしょう。そうすると、若いときは何とも思わなかったけど、この年になって、いろいろと世の中のこと、少しはわかるようになるとね、一人で子供を育てるっていうのは、たいへんなことなんですよ。

若いころは経済力さえあれば子供は育てられる、とにかく子供を大きくすればいいというふうに考えてたけども、そうじゃなくて、ある程度立体的な人間をつくるということを頭に置いて子供育てなきゃならんのではないか……。それと、子供育てるっていうのは、父親の部分と母親の部分と両方あって、父親の役割りと母親の役割りってのは、本質的には相反するものなんですよ。

田辺　そうなのよ。

佐藤　この相反する矛盾したものが、同時に子供の中へ入り込むことによって、子供が立体的になっていくんだけども、女一人だと扁平になるわけですよ。もちろん、男一人でも扁平になる。それだけの覚悟があって、女ひとりで子供を産むといってんのかと疑うわけよ。

田辺　女の人が男か子供かどっちかを選ばなければならないというときに、子供が好きだっていうのは、意外と未婚の人に多いのね。男はいらないけど、子供を育てるっていうのは。

佐藤　多いのね。

田辺　あれはやっぱり、女の人のわがままよ。女の権力欲のあらわれじゃない？

佐藤　簡単に考えてると思うな。

田辺　権力欲に裏打ちされた自分の趣味でしてるわけね。

佐藤　うん、そうそう。

田辺　ただ、子供がだんだん大きくなるにしたがって、非常に困難に直面するのは、女親なんでね。なぜかというと、子供ってのは、ものすごく保守的なものだと思うの、子供は世間の保守性を鏡みたいにまっすぐに映すでしょう。だから、世間がいうとおりに受けとるわけやねえ。

で、世間の人が、あそこはおとうさんがいなくてかわいそうだっていうと、同じようにいうわけよ。おかあちゃんに向かって、ぼくとこはおとうちゃんがいなくてかわいそうだ、おとうちゃんどうしたの、なんて。子供なんて野育ちにすれば、そんなに深く考えないもんだけど、世間のいうことをそのままいいますから、そういうときは非常にやりにくいわよ。女はそのときに初めて、世間の保守性とものすごく戦わなあかんわけ。子供が相手だからたいへんですよ、これは。

自分ひとりで戦ってる分にはいいんですけど、子供が世間の保守性を全部代表して攻めてくるから、そのえらさっていうのはたいへんなもんですよ。しかし、若くて未経験だから、産んで育てりゃいいだろうと、簡単に割り切るだけで、そこまではだれも考えてないでしょう。

佐藤　それと、経済的な問題はもとよりのことやし。

田辺　〝未婚の母〟というのはだんだんふえていくかもしれないけど……。いま社会で、たまたまそういうふうに名前の売れてる人が、そんなんするから騒がれるけど、世間に知られずに、そんなん意外と多いんやないかなあって気がするんです。五、六年ぐらい前から多くなってるでしょう。

佐藤　そりゃそうでしょう。でも、どうして未婚の母っていうのが、ふえたと思う？　一つには、女性の生活力が強くなったという、最も現実的な理由があるけど……。

田辺　わたしは一夫一婦制がだんだん崩壊しつつある傾向やないかと思う。そのこと自体は喜ばしいことやけど。まあ、そんなんができるっていうのは、まず第一に経済力やね。

佐藤　うん。

田辺　でも、一面からいえば、さっきもちょっというたように、非常に傲慢な考え方だと思うわ。親子心中と同じように、子供を道具と考えて、何か愛の確証として一つのものがほしいというのもあるんじゃないですか。ただそれだけのことで、あとのことは知らないというような……。しかし、佐藤さんがいうてはったように、完全な人間にするには、どうしても親一人では無理ですね。

佐藤　うん、完全でないにしても、やっぱりわたしは立体的な人間がもっとほしいと思うんですよ。一人だと、どうしても平面的な人間ができちゃう。完全なっていうのは、非常にむつかしいことですけど、立体的にものごとを考えることができるっていうのは、小さいときからいろんな相矛盾した要素が入り込むことによってつくられるもんだというふうに思うのよ。ただ、昔は、女手ひとつで子供を育てるっていうと、ものすごく悲痛な感じがありましたよね。後家のがんばりとか、涙なくしては語れぬというふうな……。(笑)聞くも涙語るも涙の物語みたいな、そういう感じはいまは全くなくなったわね。だからわたしなんか、最初に結婚したころから思うと、ものすごくいい時代になったと思いますよ。女は昔と比べるとほんとにうらやましい、もう一ぺん若くなりたいですよ。

○

田辺　わたしは三十八で結婚したでしょう。だから独身の生活がかなり長くて、結婚のほうはまだキャリアが少ないけど、両方比べられたから、晩婚というのはよかったと思うよ。両方にいいところもあるし、両方の悪いところも見られるし。——ところで佐藤さん、もうずっと結婚しない？　それはわからないでしょう。

佐藤　そりゃわたしは、やっぱりしたいと思ってますよ。だけどおそらくしないでしょうねえ。

田辺　それはどうして？

佐藤　する相手がおらんもん、ウッフッフ……、ね。

田辺　それは一応のけて。

佐藤　なぜ結婚したいかっていうの？

田辺　うん。
佐藤　やっぱりいろんなこと、ゴタゴタあるほうがおもしろいもん。結婚生活はくだらんっていう人多いけどね、そういうくだらんことの積み重なりの中で……、なんていうのかな、戦争してるみたいな状態、それがおもしろいじゃないの。全部くだらんからって、くだらんの全部切り捨てて、すっきりした状態になったら、おそらく退屈するんじゃないかっていう気がするのよ。でもいまは、若い人たちの間で籍は全然入れてない、いや、お互いの独立を認める意味でお互いに入れたくないというのもずいぶんふえてますね。
田辺　わたしもそうやわ。
佐藤　えッ、そうですか。これはまたどうも……。
田辺　いや、わたし、じゃまくさいねん。区役所どこにあるかわからへんねん。まださがしてない。
佐藤　まあ、籍なんて別に入れる必要ないですよ。
田辺　子供でもできればねえ。
佐藤　うちも子供できたから、しようがなく入れたんですよ。
田辺　初めにしなかったら、もうずるずるになって……、まわりが不自由だから、式やったり、披露宴はしましたけども、じゃまくさい。そういうものは特に必要なもんでもないけど、ただ、子供が学校に行くようになったら、いろいろ問題が起こることもありますね。
佐藤　子供が生まれたら不便ですよ。これはあくまで、便、不便の問題でしょうね。
田辺　そういう便、不便のもとになることも、もう二十年ぐらい後になったら、なくなるかもしれないね。
佐藤　なくならしたほうがいいんですよ。だけど、籍に入ってやる結婚という一つの形をとったことによって、なんていうか、安心して、そこだけ手抜いてられるわけよね。
田辺　男のほうもそうじゃないの。
佐藤　うん、そう。
田辺　これで出ていかないだろうという……。（笑）
佐藤　そうそう。そのかわり、女性にとっては遺産の問題もあるし、このごろはよく事故が起こって、外で車にはねられて死ぬ場合もあるからね。
田辺　そうです。籍が入っとらなんだら、ひょっとだんなが死んだり交通事故にあってごらんなさい、何千万円はいるかわからないし……、生命保険しか入らへんから。それ考えると籍入れようかなんて思うわ。（笑）これも女の権力欲かな……。

色事と嫉妬

田辺　これまでわりと高級な話してきたから、きょうはくだけて、ヤキモチの話しましょう。佐藤さんは男の人に嫉《や》かれるほうじゃないの。
佐藤　嫉かれた経験はないわね。
田辺　じゃ、嫉いたほうはありますか。
佐藤　それもあまりないのよ。
田辺　仙人みたいやね。
佐藤　嫉くって一口にいうけれど、私はこういうヤキモチのほうが目についたの。ある会社の部長がいて、その部下が大学時代応援団長だったわけです。そして、その当時の後輩が会社へきてまで、先輩先輩とやるわけ。そしたら、ある時、突如として、その部長の機嫌が悪くなってね、三人ぐらいで一所懸命、先輩先輩といってる中にはいっていって、「ナントカ君、キミはどうのこうの」って、いきなり仕事にケチつけて、剣突《けんつく》くらわせたわけよ。後輩としても、ちょっといられなくなっちゃって、はたで見ていても気の毒だったわ。そういう男のヤキモチっていうのがこのごろ、やたらに目につくのよ。

田辺　現代では、男と女の色ごとのヤキモチよりも、かえって、そういう仕事の上のヤキモチのほうが多いね。それから、お金持ってるとか、羽振りがいいとか、仕事がジャカジャカきていいとか……。
佐藤　五百円、むこうのほうが月給高いとかね。
田辺　色気がもうカサカサになってるんじゃないかな。（笑）
佐藤　大体、男と女のヤキモチはなくなってるんじゃない。特に、女のヤキモチっていうのは、減ってるように思うけど。昔は女は弱かったでしょう、男に養ってもらってたもんだから。で、女房っていうのは疑心暗鬼でビクビクしてたわけ。結婚生活がそういうものだったから、何か自分の妻の座がおびやかされるという危険があると、ワーワー騒ぎ立てるということがあったけど、いまは自信ができたもんだから……。
田辺　結局、こっちのほうが無力のときはヤキモチを嫉くけれど、いまのように、女が自信持つようになってくるとね、ヤキモチ嫉くのもバカバカしい。ヤキモチ嫉くということは、何か劣等感を持ってるからとちゃうか。
佐藤　うん、女が自信持つようになってきたし、そこへもってきて、昔は自分の亭主しか知らないものだから、エライものだと思ってたわけですよ。ところが、いまは、亭主以外にいろいろな男の人を知ることができるようになったんで、自分の亭主がえらそうにいっても、口ほどモテないことぐらいわかってるんじゃないの。

○

田辺　うん、そういうことはたしかだけど、女の子のヤキモチっていうのは、いまでも、普通の人じゃなくて、ある種の身分の人が嫉くんじゃないかしら。あたし、芸者さんの話を聞いたの。その芸者さんが、ある人に非常に惚れてるんだけど、もちろん、奥さんも子供さんもいて、どうもできないわけ。で、芸者さんは、その男の本宅のあたりを、毎晩ウロウロして、灯の見えてる窓に向かって、石を投げて帰ってくるんだって、三晩か四晩続けたいうのよ。石投げたってどうしょうもないけど、そういうふうに、少し普通と違う立場の人しか、女らしいヤキモチというのは嫉けないわね。

佐藤　家庭の奥さんにはなくなったかな。あまり聞いたことないね。

田辺　奥さんのほうはプライドの問題とか……。

佐藤　権力が侵されたっていう感じで憤るわけね。

田辺　ほんとに女らしいヤキモチっていうのは、ちょっといまはないんじゃない。

佐藤　だから、惚れてるからヤクというんじゃなしに、なまいきな、という感じとか。甲斐性《かいしょう》もないくせに、なにをやっとるか。そういう感じで憤るのかもしれないわね。（笑）

きのう、ちょっとエッセイを書くんで読んだんだけど、チェーホフの「陽気な女」、あれ知ってる？　医者の亭主がいて、女房のほうはディレッタントで、音楽家とか絵描きとか、いっぱい男の友だちに囲まれて、はなやかに暮らしたいわけ。だんなのお医者さんのほうは、病院と自分のうちとを往復するだけで、それ以外に語るべきなにものもないというふうな人なんです。で、女房は絵描きの恋人をつくって、別荘に行ったまま帰ってこない。二週間も女房が帰ってこないもんだから、ご亭主がはるばる別荘に出かけていったら、女房のほうは、その絵描きと仲よくやっていて、あした村で結婚式をやるから、衣裳が必要だ、それをうちにとりに行ってくれ、といわれるわけ。ご亭主はおなかペコペコで別荘にたどりついて、まだ食事もしないうちに、停車場に向かって歩き出す。パンかなんか一つ持っただけで、また汽車に乗って、その結婚式の衣裳をうちにとりに帰る。そういう亭主なんだけど、亭主が寛大でヤキモチを嫉かなければ嫉かないほど、ますます女房はいい気になって、恋愛三昧《ざんまい》ということになる。

そのうちに、女房が恋人とりんかして帰ってくるのよ。そのときご亭主は、うちで食卓に向かって、山鳥のお皿かなんか前にして、ナイフとフォーク手にしてるんだけど、そこへ女房がはいってくるわけ。で、女はよよと泣きくずれるんだけど、亭主のほうは、どうした、淋しいのかね、おなかすいてるんだろう、ヤマドリをお食べ、なんて……。（笑）

あたし、そのへん、やっぱり不愉快でね、なぜ怒らんのかと。まったくヤキモチ嫉かないわけでしょう、このご亭主。やがて女房にさんざん裏切られた果てに、ジフテリア患者の膜かなんかを管で吸い取って死んじゃうという小説なんだけど、あたし、この女房のほうにいたく同情して……。(笑)

田辺　しかし、そういう亭主は女房にとっては失礼やね。けしからんよ。だけど、その反対の場合もあるでしょうね。このごろ、男の人が女房に対して、デモンストレーションみたいなことやるでしょう。あっちのバーに行ったらモテるんだ、こっちのキャバレーに行ったらモテるんだ、なんて一所懸命やってると、奥さんのほうは、ああそうなの、よかったわね。これはいたく不愉快なんじゃない？　しかし、そうすると色ごとの嫉妬というのは、かなりせっぱつまった時代というか、まだそういうものが存続するような、非常に愛らしい時代にあったものね。いまみたいに、せかせかした時代だと……。

佐藤　ぜんぶ割り切って考えるようになったし、よけいなものは、無意識に切り捨てていくようになってるから。

田辺　それから、いろいろな意味で、自分に自信を持つようになるとだめね。たとえば、だれか男がいて、自分じゃなく、別の女をねらってるでしょう。そうすると、ああ、あれはあの程度の男だったのか、自分の価値もわからんのだなと思ったりして、自衛本能みたいなのが働いてくる。なんていうか、制御装置のようなものが動いてるわけね。だから、取り乱して嫉妬するなんていうことはしないの。生きにくい世の中になったもんだから、みんなそれぞれ知らぬ間に、そんな気持ちが働くんでしょうね。

佐藤　大体、惚れるということがなくなったんじゃないの、どうだろう。

田辺　そうやろね。

佐藤　需要供給の問題で、これがだめならこっちがあるというのとは、ずいぶん違うんじゃない？

田辺　だけど、嫉妬というのは、あんまり惚れてるのとは関係なく起こすよ、男も女も。

佐藤　それは、前回もいった権力意識から？

田辺　体面からね。

佐藤　無礼なという感じ？　なまいきだという感じ？

田辺　こしゃくなとか……。（笑）

○

佐藤　いまのヤキモチは、自分の権力を侵害されたという感じですからね。自分の身があぶなくなったという危機感じゃないわけですよ。昔の女はそういう点でひじょうに不安だったでしょう。だから、やっぱりとりすがるという感じのヤキモチだけど、いまはそうじゃないと思いますよ。ヤキモチがなくなったというより、その質が変わったんじゃないでしょうか。

田辺　そりゃそうね。世間ふつうの奥さんやったら、いまでは、亭主への嫉妬より、子供のことで、たとえば隣の息子のほうがええ学校にはいったとかなんとかで、カッカしはる。そのときの嫉妬というのはひどいよ。亭主が浮気したなんていうのとは比べものにならへんわ。ぜんぶそっちのほうに、流れて行ってしまってるらしいワ。人間の嫉妬のなかで、きめられた割り当てみたいなものがあるんかしら。

佐藤　大阪は昔から商人の町だから、二号、三号置くのは男の甲斐性やという、伝統的な考え方があるでしょう。だから、本妻さんは二号、三号がいても、ヤキモチ嫉かないわね。心の中では嫉いてるんだけど、表に出さないで、じっと押し殺しているっていわれてるでしょう。しかし、案外、そうでもないんじゃないかしら。

田辺　それはそうじゃないでしょう。それに、いまは時代も変わってるし、若い世代になれば、絶対そんなことありえないでしょうね。もしそんな形とってても、きっとどこかで非常に陰険な形で報復してるわよ。

佐藤　だけど、あたしが知ってるのは、自分はナンのナニガシの二号であるということに、誇りを持ってるんですよ。ほかの三号、四号、五号に比べて、上位に位してるわけですよね。で、常時、三、四、五あたりのめんどうを、実によく見てるの。つまり、権勢欲を満たすことによって、全く嫉妬しないというような人もいるわけ。

田辺　本妻さんに対して？

佐藤　うん、それもあるけど、三号、四号に対しても、やっぱりそういう逃げ場があるわけね。

田辺　かってに動くサーモスタットみたいなものよ。その中でカンカンになってると、自分がエライでしょう。だから、あの人より年数が古いとか、ダンナが一日でもたくさん泊まりにくるからとか、そういうふうなもので安心してるんじゃないの？

佐藤　本妻はまた、自分が本妻であるということで、安心感があるんでしょうね。

○

佐藤　男と女と比べて、どちらが嫉妬深いかということになると、どうかしら。

田辺　いまは大体男っていうことになってるんじゃないの。

佐藤　男のほうが嫉妬深い？

田辺　女の人は自分中心にして考えた嫉妬でしょう。でも、男の人っていうのは、自分に関係なく、つまらんことでも、ありとあらゆることに嫉妬するでしょう。
　ゴルフにしたって、あいつは腕前もよくないのに、道具だけはいいの持ってるとか、そんなの何にも関係ないのに嫉妬するね。

佐藤　でも、昔から、女はヤキモチ嫉きだって相場がきまってるんじゃない。

田辺　昔は自分を表現する方法が、ほかになかったからじゃないの。いまや女の人は、ヤキモチだけで表現しなくたって、やり方はいろいろありますよ。たとえば、容貌でほかの女にヤキモチやいたって、弁がたてば一所懸命PTAでしゃべったりもするし、町内の婦人会なんかでも、えらそうな顔できるわけです。そうでなきゃ、いい着物着てみせたり、いろんな逃げ道ができたということと違うかしら。

佐藤　でも、またその場で、目に見えぬ火花が散ってるということもあるでしょう。たとえば、PTAの場で、弁はたつけど着物のない人は、いい着物着てる人に対して火花を散らすし、着物はあるけど弁のたたない人は、弁のたつ人に嫉妬の火花を散らす。暗黙のうちに、ものすごい葛藤があるのかもしれないわよ。あんまり人間が単純でなくなったから、そういうことしなくなって、押えるのね。そして、陰にこもって、違う形で表現してるということがあるんじゃないかしら。

田辺　芸者さんが窓に向かって石を投げたみたいな、ストレートな形というのはなくなったわね。ただ、小説を書く立場とすれば、なるたけそういう原始的なストレートな形でいろんな感情が出てきてくれたほうがおもしろいね。ほんとは、そういう世界のほうが楽しいんだけど。

佐藤　だけど、それはちょっといいわね。窓に石を投げたりするの、やってみたいね。さぞかしスーッとするんじゃないかしら。(笑)

田辺　三晩ぐらい続けて、毎晩、だれだ、だれだ、なんて騒いでるの、横から見てるの、楽しいでしょうね。

佐藤　ヤキモチを表現するのが沽券《こけん》にかかわるというふうなところがあるわけですよ。金の問題とか何とかに対しては、堂々とあばれまわることができても、ヤキモチであばれるのはみっともないという意識があるわね。これはやっぱり、ぬぐい去るべきではないでしょうか。

田辺　人間性が薄っぺらで貧弱になった証拠ですね。もっと人間らしいヤキモチ嫉かなきゃあかんわね。ダンナのポケットひっくり返して調べるの、いまでもいるのかな。

佐藤　いないと思うわ。

田辺　調べたということは、人には絶対見せないでしょうね。そんなひまがあったら、子供の教育に振り向けたりするんじゃないのかしら。やっぱり、あたし、亭主は員数説やな。

着物着せて、ごはん食べさせて、会社にほうり出しておけば、全部それで足りてると女の人は思うんじゃないかしら。

佐藤　帰りがおそいからといって、待ってることもないし、おそけりゃ寝ちゃうし。だから、ポケットのマッチにまではいかんでしょうね。やっぱり、もうすべて割り切ってる時代よ。

○

田辺　そういう形の嫉妬より、おしゅうとめさんのお嫁さんに対する嫉妬なんていうほうが、ずっときついでしょう。根が深いし、しかも、すご味があるでしょう。

佐藤　それは一番すごいでしょうね。

田辺　あれはどうなんだろう、男親の娘婿に対する嫉妬というのもあるけど。お嬢さんを結婚させた前の兵庫県知事の阪本勝さんがいってましたね。お嬢さんが結婚なさって、新婚旅行にハワイにいらした、そしたら、うちの娘婿がサメに食われてくれへんかって、祈っとったそうよ。

佐藤　テレビかなんかで見ました。

田辺　ああいうのがあるのね。これは、母親の息子の嫁に対する嫉妬とは裏腹に、なんかいやらしいね。女のほうはまだわかるけど、男が娘の婿に嫉くなんていうのは、変ないやらしさがあるよ。エッチね。

佐藤　それは嫉妬の本質と違いますか。嫉妬というのは、自分が所有していると思うもの、ないしは所有したいと思っているものを人にとられたことによって起こる激しい感情だというから。

田辺　そうすると、オーソドックスな嫉妬というのは、いまやそっちのほうにうつったわけやね。親子間とか、きょうだい間とか、つまり、近親相姦的嫉妬になったわけやね。

夫婦ゲンカのコツ

佐藤　田辺さん、夫婦ゲンカはベテランのほう？

田辺　いやあ、このごろせんようになったわ……、二年めぐらいから。

佐藤　忙しいから？

田辺　さあ、どうしてやろか。うちの夫婦ゲンカは一方通行なのよ。わたしが怒ってどなっているときは、向こうが黙ってるし、向こうが荒れ出すとわたしが黙ってるから、丁々発止《ちょうちょうはっし》とはいかないのよ。それに向こうはすぐものを投げるから、一度なんか、水屋の中のもんそっくり入れかわって、うれしかったわ。それまでの茶碗や皿なんぞが、もうぼちぼちいやになりかかっとったころやし……。

佐藤　でも、すごく不経済ね。それはやっぱり男の人の怒り方で、女は経済考えるから、そんなことしないわね。やってもわりに……。

田辺　選んで投げる。

佐藤　ふん。これは何べんもいったり書いたりしたことだけど、私はもっぱら牛乳びんね。牛乳びんだと、割れても損するのは牛乳屋でしょう。

田辺　それはええ秘訣や。

佐藤　無意識に、がんじょうな灰皿とか、そういうものを選んでぶつけるのは、女のさがの悲しさというか……。（笑）

田辺　そういえばそうかもしれんね。うちの亭主なんか、何でもそこらにあるものを投げるからずいぶん値段の高い花びんまで割られたわ。わたし、民芸品の食器をたんと集めてたんよ。あれは重うて手ごたえがよすぎて……ハッシとやるともろいから、よく割れるんやな。あれ投げるのを好んだらしく、もっぱらあれ投げるから、あらかたなくなったなア。

佐藤　これ、夫婦ゲンカだけじゃないけども、内攻してうっ屈している状態を発散させるには、相手の一番大事にしているものをこわせば、それでもう、完全に解消できるんだってね。だから、女中さんなんかが、主人を非常にうらんでると、無意識に主人の大事にしてるものをこわしたりする。人間が自分の身を守る一つの本能から、これ以上うっ屈が積み重なったらどうしようもないという極限まできたら、無意識にそういうことやって発散するって話ね。

田辺　ふーん。そういうこともあるやろね。それと、うちのおっちゃんの場合は、戸をしめて、中からカギかけて、一人で寝てしまうの、自分の部屋でね。うちはガラス戸なんやけど、わたし、腹が立って、何かいってやろうと思って、ガラス戸あけようとしてもあかへんの。それで、ガラス戸パッと手で割るんやけど、全然何ともないね。興奮してるから、痛くもなんともないナ。

佐藤　けがもしないわけ？

田辺　けがするわよ、そりゃ。(笑) 切るでしょう。血が出てるけども、ふつうのときやないから、おっちゃん、医者のくせに、わたしのことぜんぜんみてくれんわけよ。わたしはわたしでみてもらうのもしゃくやし、三百メートルばかり離れた外科病院まで行って、手縫ってもろうたりするわ。(笑)

佐藤　そのときはなんていうの、その外科のお医者さんに……。夫婦げんかでやりましたっていうの。

田辺　そうはいわなかっただろうなア。何をいうたんかしら。「ガラス戸で切りました」ぐらいいうたんやろと思うわ。

佐藤　そこまでいったら完全に発散すると思うけどね。

田辺　うん。だって、三百メートルぐらいだったら、タクシーも呼べないでしょう。トコトコ歩いているうちに、だんだんさめてしまうわ。

○

佐藤　さっき田辺さん、だんだん夫婦ゲンカしなくなったっていったでしょう。わたしも、もういまは亭主と別れたけど、末期はだいぶしなくなったのよ。というのは、仕事が忙しくなったわけ。ケンカなんぞして、心が乱れると、仕事ができなくなるのよ。

田辺　それはあるね。

佐藤　一時間ぐらいのケンカでも、いや、もっと短い三十分ぐらいのケンカでも、やっぱり二、三時間はあと不愉快でしょう。その間、心が乱れて仕事ができないのが、ものすごく損失なのね。そのことを思うと、無意識に控えるようになったわねえ。

田辺　それはやっぱりプロ意識ね。わたしの場合はあべこべに、昔は忙しかったからケンカしてたんや。わたしは仕事してて忙しい、向こうはカッカくる、何もめんどう見切れないし、そんなんで腹立ちがウッセキするんやろうね。それでケンカする機会が多かったナ。そのあとはだんだん要領がよくなってきたわ。手を抜けるとこはどんどん抜いてしまって、家政婦さんも一人で足らなかったら、場合によって二人雇ったりとか、そういうふうにして、かなり老獪《ろうかい》になってきたわね。

佐藤　なるほどね。だから、夫婦ゲンカも一つのレクリエーションみたいなもので、楽しみなのよ、ね。

田辺　それはあんた、相手によるよ。(笑)かの有名なる大人物やからね、あんたとこのダンナは……。相手はあんたの怒りをうまく受けてくれたんや。それは相手あってのもんよ。

佐藤　そうね。わたしはいままで単純に考えて、〝夫婦ゲンカのすすめ〟とかっていうの、大いにやってたけど、これ、相手にめぐまれてたのかなア。

田辺　そりゃそうよ。

佐藤　ほかに取り柄のない人だけど、夫婦ゲンカの名受け手だったわけね。(笑)これはちょうど漫才の……。

田辺　突っ込みとボケっていうじゃない、あれよ。

○

佐藤　わたしはそのころ、夫婦ゲンカというのは、こっちが投げたらなぜ向こうも投げん、なぐりかかったらなぜなぐり返さんと、そういう丁々発止の戦いを理想としてたわけよ。それがいつも受けて立つということをしなかったわけ。いまから思うと、それが一つの受け方であったわけなんだけど、そのころは、非常にひきょう、未練なように思って、よけい腹立ててたの。しかし、向こうは生活の知恵で編み出したところの、一つの受け方であったのかもしれないわ。

田辺　男の自衛本能やね。

佐藤　そうそう。（笑）

田辺　佐藤さんのほうから手を出したっていうことは？

佐藤　それはいつもそうよ。

田辺　なぐるの？

佐藤　なぐりかかったけど、なぐるのは成功したことないの。だから、たいてい何か投げつけるぐらい。いっぺん亭主が三日くらい行方不明になったことがあるの。まがりなりにも、つぶれかけた会社だけど、社長してたわけですよ。にもかかわらず、社長が行方不明で、会社からジャンジャン電話がかかってくる。で、どこに行ってたかというと、片岡千恵蔵の二号さんの家でマージャンしてたわけ。二号さんの家だから、片岡という名じゃないし、電話番号わからないわけよ。

田辺　向こうから何も連絡してこないの。

佐藤　そうなのよ。三日間行方不明なの。

田辺　それはけしからんね。

佐藤　わたしは、なにも女房としてだけじゃなしに、そういうことだから会社がつぶれかけるのではないか、こういう火急の場合に何をしておるかという憤りがあるわけよ。

田辺　人間としてなっとらんというわけね。

佐藤　そうなの。で、三日目の夜、うちは門から玄関まで石畳になってて、ちょっと距離があるんだけど、きょうは帰るだろうと思って、おふろのお湯をバケツにくんで玄関に置いといたのよ。
田辺　それはまたどうして。
佐藤　いや、帰ってきたら、頭からぶっかけようと思って、用意して待ってたわけよ。ところが、夜おそいと、うちは玄関の扉にカギをかけてしまうことがあるのよ。そうすると、あいているお勝手のほうから入ってくるわけ。お勝手から入られたら、ちゃんとバケツ用意してあるのがむだになるでしょう。それで、足音がしたから、玄関があいてる証拠見せんならんと思って、中からソッとあけたのよ。そしたら、お勝手のほうへまわりかけたんだけど、玄関の戸があいたから、また戻ってきた。そこを……。
田辺　いろいろ工作せないかんわけやね。
佐藤　そうなのよ。そういうときには、非常に頭が回転するね。それで扉がギーとあいた。玄関の中で水ぶっかけたら、玄関水浸しになって、あと掃除するのたいへんだと考えて、入る半歩ほど前でかけんならんわけよ。（笑）
田辺　そういうさきざきのことも考えんといかん。
佐藤　そうよ。そこで、たたきのとこで身をひそめてて、ちょうどあいた扉の向こうに姿があらわれたときにパーッとかけたのよ。そのときは無意識にやったけど、昔、十八、九のときかな、戦争中にもんぺはいて、毎日防空演習やらされて、焼夷弾が落ちてきたときは、ただ水をかけるだけではだめで、水でたたき消さなきゃいかんと、それで、力を入れてかける訓練したでしょう。

田辺　そうそう、そうそう。

佐藤　それが二十年めによみがえって、ものすごい勢いでパッとかけた。（笑）

田辺　とんだところで防空演習が役に立ったわけやね。焼夷弾消す勢いで、手練の早わざ。それでどうなったの。水、かかったんでしょう。

佐藤　正面からよ。そのとき、わたし、まだ原稿料も安く、四百字詰め一枚八百円ぐらいのころでしょう。それで、背広上下のクリーニング代が七百円だったの。だけど、一枚書けば八百円の原稿料が入るね。ちょうど十五枚の注文がきてたんだけど、あれを十六枚書いてやれ、一枚ぐらいふえても原稿料くれるだろうと思って、それだけの計算とっさにして、決心してぶっかけたの。ところが、亭主が着てたスーツはイタリアン・シルクとかいって香港の変なのにだまされて買ってきて、これも夫婦ゲンカの種になった洋服だったのよ。それがほんとにだめになっちゃったナ。もう七百円どころじゃなくて、一着全部小じわがよってね。

田辺　イタリアン・シルクってのがにせものだったのね。

佐藤　そうよ。またそれが、さらにケンカのもとよ。(笑) クリーニング屋が「どうしたんですか、こんなびしょぬれで」っていうから、「酔っぱらってドブへはまったのよ、男ってバカね」っていっといたけど、やっぱりむだづかいしたと後悔したね。

田辺　経済上の問題とかクリーニング屋はともかくとして、ご亭主はそのとき怒ったの。怒らないの。

佐藤　怒らないのよ。

田辺　泰然としてるの。

佐藤　いや、やっぱりボウゼンと立ちすくむわね。一瞬、何ごとが起きたのか理解しようとする時間があるわけ。それで開口一番、「何だよ、どうしたんだよ」というのよ。

田辺　かわいいね。

佐藤　わたしは当然、向こうがとびかかってくると思ったから、それもちゃんと考えてあったの。玄関のそばに階段があるんだけど、水をかけたバケツほうり出して、マシラのごとく階段かけのぼって、踊り場のとこからのぞいて「恥知らずッ」なんて叫んでね。ところが、案に相違して、向こうは泰然として、くつの中へガバガバ水が入って脱げないもんだから、「くつが脱げねえよ」なんていってるだけ。

田辺　それは大人物よねえ。あんたは水かけるときだって、クリーニング代まで考えるし、玄関をあと掃除しなくてもいいように、外でかけようと、パッパッとコンピューターのごとく頭が働くでしょう。あれは女の人の特徴やね。

佐藤　やっぱり二十年女房やってきたという実績ですよ。

田辺　それと、女の人自体、さめた部分があるのよ。だから、女は「太陽の季節」みたいに、しょうじにズボっと穴あけられないのね。あとまた張らんならんでしょう。じゃまくさいじゃないの。

佐藤　だってさ、あけようたってあけられないもの、物理的にね。

田辺　いや、それはいろんな方法でさ。何によらず、あとでしょうじ張らんならん世代――世代もあるし、要するに、女というものは本来そういう種族ね。

佐藤　あとで張らんならんと思わない女性もいると思うけど。

田辺　若いからじゃない？

佐藤　若い人はそういうふうに思わなくなるんじゃない？　男のほうが張るようになるわよ。（笑）

手あたり次第

田辺　前回の〝夫婦ゲンカのコツ〟がおもしろいから、続編をやってくれという注文やけど、佐藤さんと別れたご亭主の田畑さんの組合わせはおもしろいね。ケンカの原因になる材料はいくらでもできるでしょう。

佐藤　そらできますよ。一番大きな原因は、人にむやみと金貸すことですよ。それがホンの行きずりの人間で、売れない小説かなんか書いてて、田畑麦彦の名前を同人雑誌で見て訪ねてきた人間にでも、頼まれたら貸すわけよ。

田辺　ああ、そうなの。

佐藤　なんで貸す義理合いがあるかといって、わたしはおこるの。それでだんだん、だんだん貧乏になっていったわけですよ。田辺さんとこは何が原因なの？

田辺　うちは非常に古いというか、向こうが年でしょう、ですから……。

佐藤　年たって、あなた、ご主人はわたしと同い年じゃない。あんまりなことといわんといて。（笑）

田辺　そういう意味じゃなくて、精神年齢的にね……。男はこうあるべきだ、女はこうあるべきだという、なんていうのか、大正男というのか、明治じゃないの、明治とはちょっと違うね。大正のイメージいうか、そういうのがあるんですよ。わたしが原稿書きあげて、自分で封筒までちゃんと書いて、だれも持っていってくれんから、タクシーで伊丹空港まで行くでしょう。うちからだったら、ハイウェイ使って行っても、二時間ぐらいかかるわよ。で、出かける前に、ごはんをちゃんとしといたから食べなさいよ、といって出かけたのに、帰ってみると、おっちゃん外へ出ていっていないわけ。ちゃんと食卓セッティングして食べるばっかりにしてあるんだから、子供じゃあるまいし、一人で食べりゃいいじゃないの。それをすぐプンとふくれて出ていくんですよ。外へ食べに行ってるんだけど、帰ってくると、非常にごきげんが悪いわけ。

佐藤　すねてるわけ？

田辺　すねてるのかなあ。でも、すねてるいうのはかわいいんでしょう。まあ、そんなときはかわいくないけどね。朝は診察が十二時に終わるでしょう。それからきちんとあとかたづけして、診察室のすぐ裏が自宅ですから、十二時三分にはくるじゃない。そのときちゃんとご飯がそこにできてないと、いたくおこるわけよ。

　初めのうちはそれがうるさくてしょうがなかったけど、このごろなれましたから、家政婦さんによくいい含めといて、その時間に間に合うように用意させておくの。それでわたしが一分ぐらい前に行って、ずっと前から待っていましたというかっこうをするけど、最初のころはそうだったの。ちゃんとご飯できてないと、「メシッ」ってどなるわけ。ご飯がお茶わんに入って、お茶も入ってないと、そらうるさいのよ。

佐藤　そのとき、「そんなこといったってわたしだってこうこう」っていうの？

田辺　最初はいってたのよ。だからケンカになるわけ。ものいうと、わたしのほうがバーッと機関銃みたいに出るでしょう。

佐藤　口がたつわけ。

田辺　向こうはそんなにものがいえないでしょう。ボキャブラリーが貧弱なわけよ。（笑）うるさいとか、やかましいとか、何いうとるかとか、そんなことばしか出てこないのよ。

佐藤　でも、そのセリフはちょっとかわいいじゃないの。

田辺　口ではかなわないもんやから、プッと立っていってふくれたり、最後は、そこらのものを投げつけたりするわけですよ。あれやってると、自分で興奮しよんねんね。

佐藤　そうそう、そうそう。

田辺　一つ投げられたら、わたしだってしゃくにさわるから投げるじゃない。そうすると、また二つ、三つと投げるでしょう。しまいには、佐藤さんじゃないけど、こっちのほうで、こらちょっともったいないと思うようなもんを、なるたけうしろへ隠したりするね。男はもうそうなると見さかいがつかんから、手あたり次第投げつけるわけ。でまあ、ケンカして、いっぱい割れものが出ますね。そうすると、四人いる子供たちがそろって出てきて、ニヤニヤしながら黙って拾うわけ。そしたら、バケツに四はいあったわ、割れものが。

佐藤　すごいねえ。フウーン、わたしもぜひ一戦たたかいたいわ、おたくのご主人と。（笑）でも、なぐったりはしないのね、投げる一方で。

田辺　なぐらないわよ。向こうは大男の力持ちやから、なぐられたら、わたしなんか、いっぺんにふっ飛んでしまうわ。でも反対に、わたしのほうがいっぺんなぐったことあるの。それがどうしてもわからないんだけど、向こうは一メートル七十ぐらい、わたしはチビだから、飛び上がらないと、ほっぺたなんかなぐれないでしょう、それがちゃんと届いたの。どうなってたのかナ。向こうがちょっとちっちゃくなったのかな、なんて考えるんやけど。（笑）

○

佐藤　だけど、夫婦ゲンカ一ぺんもしたことないなんていうの、ときどきそんなことといってる人いるでしょう。あれ想像つかないわね。

田辺　わたしにはわからないわ。なんかあり得べからざることみたいに思うの。

佐藤　そうですよ。許せないという感じがあるな。それでも夫婦かといいたくなるような感じがあるけど、でも天皇陛下は夫婦ゲンカしないだろうね。
田辺　ウーン。
佐藤　してるのかな。
田辺　想像できないな、それは。
佐藤　ね。天皇陛下だからしないっていうんじゃなくて、いまの天皇陛下の顔つきとか声とか、いろいろこう……。
田辺　それに、皇后さまのあの顔見てると夫婦ゲンカを触発するようなものはなさそうね。（笑）
佐藤　あの一組だけじゃないかしら、日本で夫婦ゲンカをしないといっても許せるのは。
田辺　そういう点はやっぱり神さまね。
佐藤　だから、夫婦ゲンカも二人の性格の問題だわね。一ぺん、田畑がアメリカへ三カ月ほど行くことになったのよ。それを飛行場へ送っていく途中で、数日前にみんなでエロ映画見たことを、川上宗薫がわたしに話したの。わたし、そういうもの見て楽しむっていうの、何かいかにも薄ぎたない感じがあってきらいなの。
田辺　宗薫ておしゃべりね。

佐藤　それでカッとなったけど、ケンカするにも、相手は飛行機に乗って飛んでいっちゃったわけよ。(笑) それから三カ月ぶっ通しにおこって、手紙も一通も出さなかったの。それでも腹立って、相手がいないから発散のしようがないでしょう。しょうがないから、北原武夫さんのところに手紙書いたの。わたしはきょう腹が立って、何にも手につかない、田畑はこういうことをやった、薄ぎたない男とは思わないかって書いたら、北原さんから返事がきて、手紙読んで呵々《かか》大笑しましたって、最初一行書いてあるのを見て、スーッと胸がおさまったわけ。(笑) あなたは実におもしろい人だって。

田辺　だけど、性格っていうのは、やっぱりそういうことね。たとえばわたしだったら、亭主がエロ映画見に行ったたって、全然そんな気にならへんわ。

佐藤　いや、亭主だから許せないのよ。

田辺　そこがやっぱり違うのねえ。いいやないの、別にそんなん見たかて。大体あんたね、食前食後におこりすぎるよ。

佐藤　ウン、それでわたしは、田畑が三カ月ぶりに帰ってきて会うなり、「あんた、こうこうでしょう」っていって、おこったの。そしたら「宗薫のやつ、あいつはもう男じゃない、そういうことはいうもんじゃない」っていってたけど、あの人はわれわれ夫婦の被害者ですよ。大体うちにくる人は、みんな、われわれ夫婦のケンカの被害者だったわ。評論家の日沼倫太郎なんか、いつも夫婦ゲンカに立ち会わされてね。あれは何のときだったか、ものすごい夫婦ゲンカしたことがあるの。そうそう、わたしたち、もと目黒に住んでて、そこからいまのうちに引っ越したんだけど、目黒の家がなかなか売れないものだから、アメリカ人に貸してたわけ。

田辺　ウン。

佐藤　それがとってもいい男で、映画俳優にでもしたいようなハンサムで、人柄もりっぱで、なんていって、もう、ほめそやしてたの。田畑がよ。ところが、今度家がいよいよ売れて出ていくってことになったら、立ちのき料百万円よこせって……。

田辺　アメリカ人が？

佐藤　「フン。あんた、いい男だっていってたけどなによ」っていって、わたしが会いに行ったら、七面鳥の毛をむしったような顔してんのよ。（笑）いい男だとか、俳優にしたいようなとか、いいかげんなことというな、というようなことがもとで、ものすごいケンカになったんだけど、そのとき日沼さんがいて、一部始終を見てたわけ。そして――そうそう、そのとき八幡さまが寄付をもらいにきたの。白い着物着て、袴はいて、足駄《あしだ》はいて。ところが、わたしは亭主をののしってる最中だから……、で、この前の話じゃないけど、瞬間に計算が働いて、ここでうまく撃退できるなと思ったわけ。「いま夫婦ゲンカの最中なんで、寄付どころじゃないんですッ」って叫んだら、びっくりして帰っていったわ。

田辺　ウフフフフ。

佐藤　そして、日沼さんのほうは茶の間のすみに頭隠して、畳にへばりついて、小さくなってるじゃないの。で、うちの母っていうのは、十何年も隣の部屋にいて見てるから、もうわたしたちのケンカにはなれてるわけ。それがゆうゆうと通りかかったの、驚きも何もせずにね。（笑）で、ひょいと見たら、日沼さんが縮みあがっていたんで、あとで、「なんだ、日沼さんのあのぶざまな態度はッ。あれくらいのことで畳にへばりついて、情けない男だッ」って、日沼さんがののしられてるの。（笑）

田辺　かわいそうに。それに八幡さまも被害者じゃないの。フフフ。

佐藤　ウン。それで、わたしが怒りにまかせて、「出てってやるッ」ってどなって出ていって、バスのところでおこりながら待ってたら、向こうの道をさっきの八幡さまが、白いふろ敷にお盆みたいなもの包んで、足駄でヒョコヒョコ歩いてるの。それ見て、かわいそうというか何というか、一種の感慨に打たれたね。ウフフフッ。

田辺　八幡さまがいいね。（笑）

○

佐藤　夫婦ゲンカっていうの、先に出ていったほうが勝ね。だけど、大体わたしは不精者だから向こうが出ていくことのほうが多いわ。

田辺　わたしなんか出ていくとしたら、書きかけの原稿だとか、万年筆だとか、本だとかいろいろとうるさいわね。

佐藤　原稿がなかったら心おきなく出ていけるのにとか、もっと心ゆくまでケンカできるのにというふうに、やっぱり思うわね。わたしはおこったら、もうものすごい、仁王のようになるんだもの。（笑）背中で炎が燃えてるんじゃないかと、われながら思うぐらいになる。

田辺　お不動さまやね。

佐藤　そう。ウフフフ。

田辺　だけどね、それは常にあなたのほうが正しいという気持ちがあるからでしょう。

佐藤　ウン。いや、そのときはそう思ってるけど、でも、普通の夫婦ゲンカの場合、大体奥さんは、いつも自分が正しいと思ってるんでしょう。それで、その正しさを相手に認めさせようと思ってケンカするわけでしょう。だけどわたしは、その正しさを認めさせる前に、こみあげてくる怒りを、とにかく出してしまわなきゃ、という感じのほうが強いの。自分のほうがむちゃくちゃだなと思うこともあってねえ。

こんなこともあったわ。田畑と彼の友人といっしょに銀座歩いてて、その前から、わたしオシッコしたいのがまんしてたのよ。ところが、田畑はいつまでたっても、いや、この店は気に入らないとか、なんだかんだいって入らないのよ。それでものすごくおこって、銀座のまん中でケンカしたことあるの。（笑）「わたしがオシッコしたいの、さっきからがまんしてるのがどうしてわからないのよ」て、ゲンコ握りしめてワナワナふるえたりなんかして。（笑）そういうことでもカーッとなるの。

そのとき彼の友だちが「こんなわがままな女は見たことない」って、おこって帰っちゃったのよ。わたしは、そういうふうに田畑からいわれたことないわけ。それが友だちにいわれたでしょう、だから、どぎもを抜かれて、何かケロッとしちゃったりしてね。（笑）

田辺　つまり、夫婦ゲンカいうのは、ウッセキしたものが何かのキッカケで、突如として爆発するっていうことになるのねえ。

佐藤　そうそう、わたし一ぺん、アイロン一所懸命かけてる最中に、突如としてムカムカッときたことがあるんですよ。亭主が倒産したあと借金払うのに、もう四苦八苦で夜の目も寝ずに原稿書いてるでしょう。その仕事の合い間にアイロンかけたりしなきゃなんないわけ。もうほんとに休息のいとまもなく、いまわたしはこうして小説を書き終わって、ここでアイロンかけてるんだ、そう思ったら、彼はテーブルの向こうでのんきにテレビなんか見てたのよ。それでカーッとなって、ちょうど紅茶茶わんが——欠けた茶わんで紅茶飲ましてたんだけど、それが目の前にあったものだから、アイロンでその紅茶茶わんをぶんなぐったの。なんで突如として紅茶茶わんをなぐったのか、まわりの者はみんなわかんないけど、わたしの中にはそういう順序があるわけ。ちゃんとした筋道があるのよ。

田辺　ウン。女の筋道と男の筋道ていうのは、あれは確かに違うね。

佐藤　違う違う。

田辺　女は論理的じゃないていうけど、そんなことはないよ。やっぱり女の論理ていうのはあるよ。

佐藤　そうよ。女の論理なのよね、ウフフ。

田辺　うーん、わたし、大体家庭ていうのはね、これは夫婦のためのもんだって思うの。たえずそれを思うわね。

佐藤　うんうん。

田辺　だから、夫婦ゲンカいうのは、それ当然の権利でね、子供なんか知ったこっちゃないと思うのよ。

佐藤　そうそう。アメリカでは子供の前でキスしたりして、つまり、夫婦の愛情交歓の場を子供に見せてるのは非常にいいとかっていう意見をどっかで読んだけど、それで夫婦ゲンカは子供に見せないほうがいいっていうのは、これは矛盾してると思うね。なんでキスだけ見せて、ケンカのほうは見せないのか。（笑）見せるなら全部見せたらいいと思う。これは人から聞いた話だけど、江戸時代は表へ出て「うちの亭主がこうしてああして、だからわたしはがまんできないんだ、こういう事実をみなさんどう思うか」という意味合いのことを大声でわめいて、叫んで、そして……。

田辺　わざと聞かせるように。

佐藤　そう。（笑）

浮気を見破る

田辺　夫婦げんかの話ね、あれ、けんかの大きな原因のひとつに、どっちかの浮気というのがあるかな。

佐藤　うん。だけど、「あんた、浮気してきたでしょう」とか、「女いるんじゃないの」てなことといってけんかするっていうのは、勇壮さがなくてねえ、いやな感じがあるんじゃない？

田辺　わたしの場合は、幸か不幸かそれがないの。（笑）第一、うちのおっちゃん、外でモテないでしょう。

佐藤　モテない亭主を持つ……、幸か不幸か知らないけど、それはやっぱりわかんないわよ。

田辺　うん、それはわからない。だけど、どうなのかなあ、やっぱり浮気でけんかするっていうのが、一番大きいのかなあ。

佐藤　昔はやっぱり、浮気してるんじゃないかという疑いでもってけんかした夫婦、多かったんじゃない？　でも、いまは大体女のほうは、そんなこと問題にしなくなってるんじゃないかしら。

田辺　むしろ、だんながよ、奥さんが浮気しないかと……。

佐藤　そうよ。だから、浮気問題っていうのはいまや男の浮気でなくて女の浮気だと思うな。

田辺　ほんとにそうよ。

佐藤　でも、わたしの友だちでズバリ夫の浮気を見つけたのがいるわよ。ちょうど会社がひけるまぎわに、大夕立が降ったの。にもかかわらず、うちへ帰ってきたときに、夫のくつがかわいてるっていうわけよ。もうそれだけで浮気を見破ったの。その間、ホテルか何かへ行ってたわけですよ。これはやっぱり「ここに女あり」という感じするんだけどね。

（笑）

田辺　神の与えたもうた直感やね。

佐藤　男のほうは、そういう点で見破る力っていうの、ないんじゃないかしら、女房の浮気を。

田辺　男は自分ではわからないのよ。第三者にいわれなければだめなの。わたしね、いつだったか男の子とおそくまで飲んでて、酔っぱらってるでしょう。だから、向こうは手を取ってくれたのよ。そうすると、男ってのはおしゃべりね。うちのおっちゃん、医師会の連中とゴルフへ行って、「おまえとこのヨメはん、よその男と夜ふけに、三ノ宮を手つないで歩いとったぞ」て聞かされてきたのよ。大体うちのおっちゃんは、ゴルフ行ったときはいつも非常にごきげんで帰ってくるんやけど、その日に限って、いたくごきげん斜めでご帰館あそばされてね、それで非常におこるわけ。その話をわたしにするんだけど、そんなことこっちは忘れてるじゃない。あ、そういえばそんなことあったなあ、なんて思うわけ。だから、自分ではわからへんのよ、わたしがおそく帰って、もぐり込んで寝ても。ところが人にいわれたときに、突如としておこるのね。

佐藤　自分が友だちからそういうことをいわれる羽目になったことで、男のプライドをけがされたと……。

田辺　そうなんやろね、きっと。

佐藤　そうよ。手をつないでたということじゃなしにね。

田辺　それはそうと、昔に比べて、家庭の奥さんの浮気、実際にふえてんのやろか。週刊誌なんかには盛んに書いてるけど。

佐藤　ふえてますね。わたしの知ってる奥さんだって、ずいぶんいますよ。

田辺　わたしはむしろ、現代の浮気っていうのは、本式のヘビー級の、主婦が昼間ちょっと出てご主人の全然知らない場所で、知らない男といっしょに時間を過ごす、ていうんじゃなくて、もっと普遍的な場で、生活の中にいろんなふうに出てるようなんが、浮気じゃないかなと思うの。たとえば、小学校や中学校へ行くと、ＰＴＡの人たちがいるでしょう。それが男の先生なんかと実に楽しそうに、もう顔のヒモなんかほどけてるよォ、で、ヒヨコヒヨコ笑ってるじゃない。あれはやっぱり、現代の形を変えた浮気ね。

佐藤　フウン。

田辺　ひとつに凝縮してないけど、いろんな場でね。ご用聞きなんかくるでしょう、あれだって、昔の奥さんだったら、あんなになれなれしくしなかったというぐらいに、なんか仲よくなったり……。そういう場で発散してるから、案外、本式の昼間ホテルへちょっと隠れていくっていう、そういう隠し男みたいの持ってる必要ないんじゃないかなと、わたし思ってたの。ＰＴＡの奥さまなんか、いろんな慰労会のあとは、よく先生と一緒になって、バーへ行ったりしはるでしょう。あんなん見てると、やっぱりそういうところで水っぽく薄められて、ずいぶん広がってるっていう感じね。

佐藤　フウン。それもあるでしょうけど、やはり、もっと本格的な人妻の浮気は、いまや花ざかりよ。

○

田辺　でも、どうでしょう。だんなや子供もあって、浮気に踏み切るっていうのは、これはやっぱりちょっとした線だから、なかなか飛び越えない人がほとんどやないかしらと思うんですけどねえ。
佐藤　いや、それはやっぱり昭和一ケタまでの考え方、ハハハハ。
田辺　わたしも昭和一ケタであったわけやね、まさに。
佐藤　それで、実際にするしないにかかわらず、したいと思ってそういうチャンスを待ち受けてる人っていうのは、やっぱり九割まではそうじゃないかと……、機会あらば断わらないだろうと思うけど。
田辺　テレビとか小説で、盛んにそういうことを教えてくれるからねえ。結婚してても段階があるんじゃないかしら。子供が生まれない夫婦とか、あるいは子供があっても、中学高校へ行ってて、もう心配しなくてもいいとか。
佐藤　それは当然そうなるわけで、小さい子供の手引っぱって浮気に行くわけにいかないですからねえ。
田辺　いや、そうでもないそうよ。
　男と昼間ホテルへ行って、赤ン坊横へ寝さしとくとか、ホテルの女中さんに預けて浮気するとかいうのがいるんやて。
佐藤　子連れの浮気？

田辺　託児所がある連れ込みホテルでの浮気や。

佐藤　そらやっぱり、子供があれば、子供をどっかへ預けるでしょう。そうすると、おやつなんかも心配して、「時間がきたら、これ食べさせてください」なんて。(笑) それから夕飯の時間もあるし、まず一軒の家持ってたら、戸締まりしなきゃならないわけですよ、出ていこうと思うと。そういうこと考えると、やっぱりなかなかできないけど。

田辺　だけどねえ、子供はどんな場合でもブレーキにならないわ。それこそ子連れでもできるし、女中さんにチップやって預けとけばいいんだし。やっぱり亭主とうまくいってる人はしないんじゃない？　それが、日本の家庭っていうのは、九十何パーセントかまで、亭主とあんまりうまくいってないらしいし、まあまあこんなところだろうというんで結婚したりするからそうなんじゃないかなあ、もし主婦の浮気があるとすれば。

佐藤　亭主とうまくいってればやらないかなあ。

田辺　うまくいってて浮気する人がいますかね。

佐藤　まあ、そのうまく行き方だけどね。

田辺　男はうまくいってても浮気するねえ。

佐藤　だから、女もやっぱりそうなると思うんだけど。

田辺　男にあって女にないということないからねえ。

○

佐藤　わたし、婦人雑誌読んでて一番しゃくにさわるのは、浮気した女が、いままで夫によって味わったことのないよろこびを初めて知ったというの。(笑)告白手記なんかでそれ読むと、出かけていってなぐり倒してやりたくなる。(笑)あれはほんとにいやらしいもんですよ。それに、もう一つしゃくにさわるのは、週刊誌が〝歓び〟なんて字使ってるの、あれはいやらしいなあ。

田辺　どうしていやらしいの。

佐藤　なんかデレッとした、やにさがった感じがあるわけよ、そういう文章の中に。

田辺　そうかなあ。

佐藤　男はそんなこといわないですよ。

田辺　いわないね。

佐藤　いわないでしょう。それを女がいうってのが、女のだめなところ。

田辺　まあ、それもいやらしいけど、わたしあんなん読んでて一番いやらしいなあと思うのは、亭主の自慢よ。あれよりましじゃない？　亭主の自慢するより、間男の自慢するほうがまだいいんじゃないの。正当性があるわ。(笑)

佐藤　いや、でも、亭主のノロケっていうのは、まだほほえましい感じがあるんじゃないの。

田辺　それがいやらしいよ。（笑）

佐藤　それがいやらしいの？

田辺　何となればやね、間男ていうのは、社会倫理上許されない間柄でしょう。そういうのをほめるっていうのはいいですよ、勇気があって。亭主なんて、われ、人ともにちゃんと夫婦であるという社会的なパスポート与えられた場においてのろけてて、これは許せないわよ。（笑）

佐藤　いや、わたしは間男ほめるという感覚じゃないと思うの。たとえば……なんかこう……うっとりしたような感じが頭に見えるわけでしょう。

田辺　一緒やないの。亭主にうっとりしてるよりいいじゃない。

佐藤　いや、これは田辺さん何といおうとわたしは譲歩しない。（笑）

○

佐藤　女のほうは、やっぱりいやな男はいやということは、はっきりしてるんじゃないかと思うの。男のほうは、相手はどんなんでもいい……。

田辺　そんなことないんでしょう。やっぱり男だっていやなものはいやなんじゃない？

佐藤　人にもよるけど、幾人も浮気の相手があって充足してる男はわりあいとそうだろうけど、そういう経験の少ない人は、何でもいいということになっちゃうかもわからない。だから浮気のベテランが選ぶわけですよ。わたし、選べるほどの男って、案外数が少ないと思うの。

田辺　据え膳食わぬなんてことばがあるけど、女かて飢えてる女は相手選ばずと違うやろか。

佐藤　うん。それに、いまは昔と違って、女のほうが変化して、浮気のチャンスも多くなってるから、選ぶ男はもしかしたらふえてるかもしれないね。

田辺　女のほうは、持ちかけられればすぐっていうのはあるかしら。やっぱり悪い気はしないっていうことでしょうね。

佐藤　うん、そうよ。だれでもいいということではないと思うけど。わたしの友だちに連れ込みホテルの女中さん、ちょっとアルバイトにやってた人がいて、いろんな話聞いたんだけど、お正月なんか、振り袖着て会社に出ることあるじゃない。それで、新年宴会なんかがあって、いっぱいきげんで上役なんかとくるわけよ。振り袖で、帯をフクラスズメに結んでるもんだから、その夜帰るときになって一人で結べないの。女中さん呼んで、帯結んでくれっていうんだけど、女中さんだって、ああいうフクラスズメの帯、結べないでしょう。それでしようがなしに、お太鼓に結んで帰るかっていってたけど、あれ、親が見たらおどろくと思うよ。(笑)行きはフクラで、帰りは太鼓。(笑)

それからね、部屋に入るときに、男がサッサと入って、で、女がサッサッサッサと入るっていうのは、これはだいぶ場なれしてる人たちなんですよ。なれないうちは、男が必ず女の背中に手を回して部屋に入れる。女のほうが男に手を回して入れるのは、たいがい五十ぐらいのおばはんでね、男のほうが若いのよ。(笑)

田辺　わたしがそういう女中さんに聞いたのでは、なれてる人は、洋服ダンスのありかもわかるわけよ、一歩部屋に入ると。

佐藤　なるほどねえ。

○

佐藤　女性のほうの浮気は、男ってのがかわいらしいから、気がつかないんですよ。ばれてないんじゃない？　男には失礼な話だけど。

田辺　「知らぬは亭主ばかりなり」ね。主婦売春ていうのがあったでしょう。あれだって、たとえば奥さんが買いものカゴをさげてチョイチョイと売春するのよ。で、そのお金は非常にこまめに使うわけ。まあ一万円か五千円か知らないけど、そのぐらいのお金でしょう。ビフテキの肉を買ったり、美容院に一ぺん行くとこを三べん行ったり、ていうふうな、小出しな使い方するから、ほとんどだんなは知らなかったわけですね。

佐藤　フウン。

田辺　わたし、団地の主婦売春ていうのを取材に行ったんやけど、そうらしいね。お肉の種類だってたくさんあるじゃない。百二十円ぐらいから五百円ぐらいまで。その肉を二段か三段上の種類買ったって、男はわからないですよ。だから絶対バレないの。

佐藤　男のほうは浮気したり、若い女の子ができると、帰りがおそくなるのはもちろん、急におしゃれになりますよね。いままでと違って、ネクタイがはでになったり、白ばっかりだったワイシャツが、カラーワイシャツ着たり、いろいろ違ってくるでしょう。女もそういうのができると、おしゃれとかいろんなものが、いままでとは違ってくるんじゃない？

田辺　そうね。まず下着にこるね。

佐藤　これは別れた亭主の友だちだけど、家を出るとき、パンツの上にズボン下はいてたのを、女と一緒にねるときにぬいだわけ。それで、今度大急ぎではいて帰ってきたら、裏返したままはいたから、ズボン下の外側にパンツが……。（笑）うちでおふろに入るときに見つかっちゃって、アッと思ったけど、もう万事休すだったというの。女はそんな間抜けなやり方しないわよ。

田辺　しかし、こうしてみると、男っていうのは迂遠な感じね。

佐藤　そう。

田辺　奥さんが何しててもわからないわけね、こうなると。これはゆゆしきことやね。だけどね、いつも結論みたいになっておかしいけど、浮気といい、情事といい、もっと世の中進んだら、一夫一婦の観念が少しずつ変わりつつあるでしょう。そうしたときに、ほんとにおとなだったら、それに耐えられるだけの重さがあればね、浮気したってどうということもないんじゃないの。

一物自慢

佐藤　団地というのはわたしも知らないけど、カラー・テレビのアンテナだけたてるときいて、ほんとかしらと思ったのよ。テレビ買えないからって、このごろアンテナだけ売ってるそうよ。そういう場合、大体女房のほうがしようといったんだと思うけど、それをさせた亭主のほうが情けなく感じられるわね。

田辺　これも大阪のほうの団地だけど、ダンナさまが、続々と海外出張で出ていくの。そうすると肩からパンアメリカンのカバンを下げたりするわけ。ところが、それがなかなかまわってこないんで、東北かどっか、普通の国内出張しはるときに、パンアメリカンかなんかのカバンを、奥さんがどこからか都合してきて、ダンナさまにかけさせた。（笑）これ実話なんですけど、そういうのあるんですよ。こういうの、一番ストレートな形ね。虚栄と嫉妬比べてみると、嫉妬はただかわいらしいだけやけど、虚栄というのは、人生でやっぱり必要なときもありますね。人間を動かしてる原動力みたいな場合って、あるでしょう。

佐藤　嫉妬というのは、何も生み出さないからね。

田辺　これは不要やわ。で、また団地の話になるけど、一億オール虚栄やね。

佐藤　虚栄というか、みえのはりっこが生きがいみたいなのね。

田辺　虚栄というのは、人生有用の要素もあるんじゃない？　虚栄がなかったら、みんな動かないだろうね。ぜんぜん虚栄のない世界になってしまったら、むずかしいでしょう、ほんとうの意味のユートピアになりますから。

佐藤　おもしろいこともなくなるし。

田辺　どうしようもないんじゃないの。虚栄心があるから、ただの人なんで、虚栄心がなくなると、みんな仙人みたいのばかりになっちゃって、非常にやりにくいですよ。もの書きとしても、あがったりやね。そういう弱点をついて、おマンマをちょうだいしてるんですから。（笑）

けど、虚栄心のない女というのは、魅力がありますかね。これはちょっとむずかしいね。あまり虚栄心持ってない女なんて、わたし、つきあいにくいと思うわ。わたしの場合、あんまりないのは困るわ。

○

田辺　わたし、女に生まれて非常によかったと思うの。だって、女の人だったら、知らないことを知らないっていえるでしょう。エライ先生なんかと対談したりすると、すぐ英語使いはるわ。わたしは昭和一ケタの生まれで、英語は敵性語だっていわれたもんだから、自慢じゃないけど、全然わからへんの。だから、さっき何とかいいはったそれは何ですかって、聞けるじゃない。そしたら、ちゃんと日本語に訳しよるね。日本語でいえるものなら、いってくれればいいのに、わざと英語でいうでしょう。しかし、それはどういうことですかって聞けるのは、実にありがたいことで、女に生まれてよかったと思うわ。男の人、わからないと思ったって、帰って字引ひいたなんていえないでしょう。

佐藤　でも、自信があれば、男の人だって聞くわよ。

田辺　わたし、やっぱり、男の人はよういわんもんだという固定観念があるんやな。そういうときに聞ける男というのはいいと思うけど。

佐藤　そらいいけどね、なかなかそういうのはいないわけですよ。でも、ある一つのことに対して自信持ってる人っていうのは、わからないことはわからないって、率直にいってますよ。

田辺　それもやっぱり虚栄なのね。これ、この間あるところで、ちょっと書いたんですけど、テレビに出ると、何でもよくしゃべる人があるでしょう、よくわかっててね。わたしなんか、わからないときはわからないといわんとしようがないことがあるんやけど、わかりませんっていうの、決していわない人種、ふえましたね。

佐藤　そうね、やっぱり人がよくなってるんじゃないの。というか、オッチョコチョイになってて、常に人の期待にこたえなければならん、ていう気持ちにかりたてられてるんじゃないかしら。わたしなんかでも、多分にそういうところがあるんだけど。

田辺　サービス精神でね。

佐藤　うん、虚栄も半分ぐらいあるのかしら。そこのところでわかりませんなんていうと申しわけないみたい。出演料ももらってるし、なんていう意識も少しあるんじゃないかと思うの。だから、二種類あるんでしょうね、オッチョコチョイからそういうふうにいうのと、虚栄。出どころはいくつもあるわけですよ。

○

田辺　これは関西の非常にすぐれた漫才作家の織田正吉さんからきいたんですけど、人の気が強いか弱いかというのを見るには、二人きりで対していて、どちらが先に口を開くかを見ればいい。最初に口を切ったほうが気が弱いというの。特に初対面の場合、そういうのが日本人ふえましたね。あれ、やっぱり虚栄もちょっとはいってると思うの。

佐藤　でも、それと虚栄と結びつく？

田辺　そういうものにほこりを持ってるというか、そんなのが若い人にはあるんやないかな。

佐藤　全体がオッチョコチョイになって、浮き足だってるせいじゃないかという気がするんだけど。若い男の子がいま、髪の毛背中までたらして珍妙なかっこうしてるでしょう。あれなんか、やっぱりみえじゃないかしら。

田辺　あれは好きですか。

佐藤　薄汚いからあまり好きじゃないね、なかには似合う子もいるけど。でも、おそろしいもので、こっちが見なれてきたせいかしら、少しずつ似合ってきたみたいね。おそらくいまにぼうず頭がはやると思うわ。

田辺　はやるでしょうね。

佐藤　戦争中みたいなクリクリぼうず、当然そうなってきますよ。あそこまで髪の毛長くしたんだから。

田辺　中年男の長髪というの、このごろふえたね、あれはどうですか。

佐藤　中年男の背広に長髪っていうのは似合わないね。ネクタイ締めて型にはまった服装には合わないんじゃない。

田辺　そういう長髪は、だまってて似合うっていう型にはまったものじゃないでしょう。しゃべって、動いて、何を考えてるかがわかって、それが立体的になったときに、初めて似合うかどうかがわかるものね。だから、虚栄心だけで長髪にするっていうのは、ぜんぜん似合わないでしょう。

佐藤　一番初めは、目立たせようという意識から出たものでしょう。だから、自分の力を顕示することができないなら、せめて頭で目立たせようということになったわけね。

田辺　おしゃれというのも虚栄でしょう。

佐藤　半分以上はそうじゃないですか。特に女の人が着物を買うときはいくらいくらしたという値段が必ずついてくるものなんです。だから、これはどれぐらいの着物であるかということを、人に知ってもらわなきゃ意味がないみたいなところがあるわね。自分一人満足してるんじゃだめなわけ。九十パーセント虚栄じゃないかしら。

田辺　男の虚栄というのは、わりと権力欲に結びつくね。

佐藤　だけど、虚栄というのも、だんだん複雑になってきたでしょう。自分がいかにだめであるかとか、普通の男よりも、いかに下のほうでうごめいているアカンタレであるかとかを吹聴するというみえも、またあるわけですよ。非常に複雑でしてね。しかも、そういうのふえてるんじゃない？

田辺　ジーパン・スタイルでわざと汚いかっこうしてるのもみえやし。

佐藤　それもそうだし、会社で仕事をいかにうまいことチョロマカしたかとかね。そういうところにみえをひけらかすというのが出てきました。

田辺　マイナスのみえね。

佐藤　そのほうがふえてるんじゃないですか、やりいいですからね。自分がいかにグータラ人間であるか吹聴するの多いですよ。

田辺　このごろ刻苦奮励なんていうのは、虚栄にならなくなってきたね。

佐藤　奥さんでも浮気してるということがみえになったりしてるわけです。

田辺　困るね。(笑)

佐藤　それから、いかに自分が悪妻であるかとか、そうじをいかに怠っているかとか、亭主をいかに冷遇しているかということがみえになってきている。これはやっぱり現代の特徴でしょう。むつかしくいえば、価値観の根本的な革命ですよ。

田辺　しかし、いかなるマイナスの虚栄もこと子供に関する限りは、絶対にプラスに変わってしまいますね。「うちの子供は、大学には行かないのよ、中学だけで、そば屋の出前をさせてますのよ」、なんていうの、インテリの親にはいないね。ああいうことは、絶対に虚栄にしないでしょう。だから、最後のよりどころは子供なのよ。みんな何もいわないけど、自分は不如意になったから、子供に最後の夢を託してるのね。自分はグータラ主義を標榜してても、子供にはそれをさせないね。東大撲滅論なんかぶってる人が、うちに帰ると、勉強しなさいッ、大学は国立の一期でなきゃだめよッ、まず東大よッ、なんてことをいってるわけね。

佐藤　東大撲滅論唱えてるところが、やっぱり虚栄ですね。

○

佐藤　男がバーに行くというのは、何か憩いを求めていくなんていうけど、あそこは男の虚栄心をくすぐる場でしょう。女たちがくすぐってくれるというだけで行くんじゃないかと思うんですよ。

田辺　そういう面が五十パーセントくらいありそうだね。

佐藤　いや、九十パーセントそうじゃないんですか。あとの十パーセントは女を口説く。男の虚栄をくすぐるのがバーの女というんだから、パーに行ってそれをくすぐってもらえない男ってのは、よくよくなのね。(笑)　くすぐりようがないのかしら。

田辺　半分以上の男にとって、バーの値段が高いというのは、いばり料はろうてんのよ。だから、十全に元とって帰ろうと思うのよ。

佐藤　それか、女を口説くか、どっちかの目的でしょうね。それ以外にないんじゃないですか。作家なんか、いままでぺーぺーしてたのが、ちょっとでも売れるようになると、すぐバーに行くでしょう。それも、前は新宿とか何かで飲んでたのが、銀座で飲むようになる。新宿の女も銀座の女も同じじゃないかと思うんだけど、やっぱりそれだけ虚栄心を満足させるという意味で違うのね。

田辺　そうすると、われは新宿や池袋でいいんだというのも、また虚栄なのね。

佐藤　銀座のバーの女にモテないのにモテたような顔したり、浮気してないのに、したような顔する男がいるわね。（笑）そういうみえってのはありますよ、男には。ぜんぜん何もしてなかったりしてね。

田辺　女の人でよく「わたしの若いころにわたしにほれてて自殺未遂した男がいるのよ」なんて、自慢する人があるね。

佐藤　それから、三十過ぎの結婚してない女の子で、この間見合いしたけど断わったとか、プロポーズされたとか、しょっちゅう同じことばっかりいってる女の子がいるわね。

田辺　ほんとほんと。断わられたって、絶対いわないのね。必ず断わったっていうの。それもやっぱりみえやろナ。

佐藤　みえというより、もっと何か悲痛なものでしょうね。心情が切実すぎて、聞くも涙っていう感じになるわね。

○

佐藤　男のみえの中で一番くだらないのはね、一物《いちもつ》が大きいって自慢するのがいるでしょう。（笑）
田辺　それは女だっているんじゃない。わたしの器具は最高だっていわれるわなんて。
佐藤　男は性欲が強いとかっていうのね。ほんとはそれほどたいしたことないのに、女を何人なかせたとか。ずいぶんいますよ。あれは一番くだらんみえだと思うけど。ところが、そういうのを聞く男のなかには、それをほんとうにうらやましいと思ったり、尊敬したり、一目置いたりするくだらんヤツがいてね。まったくくだらないみえだわ。
田辺　だけど、男の人にとっては切実なのかしら、そんなのが。それから、お嫁さんのお里を自慢する男ってのがいるわね。
佐藤　うん、いるいる。それから、有名人の隣に住んでるとかね。（笑）
田辺　それはかわいいじゃない。
佐藤　だれとかが親戚だとか、汽車の中で隣り合って話したとか、案外たわいないものですね、そうなると。
田辺　うーん。でもわたしは、みえとか虚栄心は生きがいの原動力になるような気がするの。奥さんが子供のことを一所懸命自慢するのだって、それがその奥さんの人生の活力のもとみたいな感じでしょう。

佐藤　それから、だんだんうだつが上がらなくなって、まわりの者は出世するし、自分はいつまでも貧乏で陋屋《ろうおく》に住んでるなんていうと、どうしようもないどん底におちいってから、それを今度みえに逆転させて、そこから生きていくというのがあるわけね。清貧に甘んじてるというみえですよ。

田辺　その反対に、団地の2DKか3DKかなんかの部屋に、小学校の娘のためにピアノを入れて、その下に、フトンしいてるなんていうのも、現代的みえですよ。

佐藤　うん、それから、このごろペット趣味なんかあるじゃない、高価な犬とか何とかの。

田辺　まあしかし、みえって、そんなに実害ないし、こっちが見てて、非常に親しみが持てるなあ。

佐藤　おもしろいわね。

田辺　若いときは気になりますけどね。いや、佐藤さん、いまでも気になるらしいけど。

佐藤　ホホホホ。

田辺　男の一物が大きいなんて、いたく不愉快なご様子だけど、わたしなんか実にほほえましいな、そういうホラふいてる男っていうのは……。(笑)

脱羞恥心時代

田辺　このあいだねえ、佐藤さん、何かすごくおこってらしたでしょう。普通の家庭の主婦がヌードをテレビに出すなんて、世もきわまれりってね。あれ、ほんとにあるの、わたしはまだ見てないけど。テレビでやってるの？
佐藤　うん、わたしも見ないけど、お昼の番組でやってるらしいわよ。しかも、亭主が奨励してるっていうんだもんねえ。
田辺　ふしぎやねえ。もうそうなるとわからないわ。
佐藤　それでね、きれいなヌードならいいけど、まあ、いろいろ欠点があるわけですよ。（笑）で、その欠点を目立たないように写すんで、あれ大竹省二さんかな、相当苦心するっていう話よ。
田辺　そりゃ、大竹さんでなくっても苦労するやろなあ。でも、ヌードを若いときの記念にというんで残す人が最近はあるということやねえ。
佐藤　しかし、年とって、老いさらばえてからそれを見て、若いころに思いをはせるというのも、すさまじいねえ、何とはなしに……。

田辺　ホラ、佐藤さんのおかあさまが、若いときの写真、全部破ったっていうの、わたし、あの話好きやわ。実に何か凄絶《せいぜつ》ないいところだと思うんだけど。ものを残しておくというのはよくないね。
佐藤　うーん。
田辺　特にヌードなんて、どういうのかなあ。
佐藤　だけども、はだかに対する羞恥心というのは、もうほとんどなくなったわね。ヌードなんて、いまの若い人平気ね。このごろの水着なんてのは、あれ、はだかもおんなじようなもんじゃないの。
田辺　水着きるようなところだけでなく、普通の場所でも平気でなるでしょう、ビキニ姿に。羞恥心なんておかしくって、ということで、かえって羞恥心もってるほうが羞恥を感じる時代やねん。

○

佐藤　なるほどね。ところで、田辺さんが何かいい出して、それがきっかけで羞恥心について話をしようということになったんだけど、なんだったたっけ……。
田辺　そう、身上相談。テレビも雑誌もそれから新聞もあるけどね。あからさまにセクシュアルな問題を身上相談するでしょう。あれ、やっぱり、書いてるときには書けるんでしょうね。テレビでものいうでしょ、あれ、姿は出ないのね、声が出るの。電話でいうてくるわけね。ああいうときの羞恥心がなくなったっていう元凶は、やっぱり雑誌よね。

佐藤　婦人雑誌ねえ。

田辺　あれでものすごくあからさまに書いて、それが普通なんだと思わせてしまったのねえ。それはまあ、そういう婦人雑誌のゆきかたていうのは、しようがないと思うときもありますがね。わたし自身、ものすごく羞恥心を感ずるのは、この間タクシーに乗ってたときに、運転手がサービスのつもりで、カー・ラジオをかけたの。

佐藤　うん、よくあることや。

田辺　ところがそれが、朝の婦人の医学か何かの時間で、お産のことを産婦人科の先生がいってるわけ。で、タクシー運転してる兄ちゃんは、非常に若い青年でね、わたしは一緒に聞いてるのが恥ずかしくて……。そのときに限ってラジオの調子がいいの。(笑)どうしようもないねえ、もう。こっちのほうが恥ずかしゅうて、タクシーおりとうなったわ。

佐藤　お産の何を話しているの。

田辺　お産のあとの始末とか、避妊の方法なんていうのをね、ことこまかにしゃべるわけ。

佐藤　フウン……。

田辺　はっきりしたラジオなんていうのはいやね、あんなとき。ところが、聞きたいようなラジオのときにガーガーと雑音入ったりしてね。（笑）家で奥さんがダイヤル回して一人で掃除してるときなんかに、そういう話聞いてるのはいいけど、ああいう場合もあるのよ。タクシーの中で、非常に困ったなあ。年とった運転手さんならいいけど、若い男の子だもん。

佐藤　ホホホ。

田辺　また、それをよそへ回せばいいのに、回すのも、やっぱし向こうも恥ずかしいんじゃないかしらん。意識してるみたいで……。

○

佐藤　だけど、わたしはやっぱり、男と女と比べて、羞恥心ていうのは女のほうが少ないんじゃないかと思うの。というのはね、妊娠してる十カ月の間の、あのすがた形の醜悪さ、あれに平気でいられるっていうのは、これは相当鈍感で、羞恥心が鈍磨してないと耐えがたいですよ。

田辺　うーん、凄絶なところがあるね、ほんと。けど、妊娠したことのない人でも、羞恥心がないからね、女っていうのは……。

佐藤　だから、もともと神さまがそういうものを欠落させて、鈍くさせておいて、妊娠中のぶざまな格好なんか耐えさせるっていうことなのよ、おそらく。お産するときのありさまにしたって、やっぱり耐えがたいものですよ。

田辺　そう。

佐藤　出産の喜びとか何とかってことばにすりかえちゃってねえ。何が喜びかっていうのよ。

田辺　わたしは、やっぱりお産というのは、ものすごく大きな人間的な一線だと思うな。その一線乗り越えるのと乗り越えないのとで、ずいぶん違うねえ、人間ていうのは……。

佐藤　そうそう、違うね。あれはやっぱりすさまじいもんで……。

田辺　それと、女の人って、なれてしまって、その中に入って落ち着くと、とんでもなく羞恥心が磨滅する、その速度っていうのは速いね。

佐藤　速いねえ。やっぱり順応性があるというのかなあ。

田辺　男の人にいわせると、結婚してから、絶対に女のほうが羞恥心が速くなくなるっていうの。

佐藤　うんうん。

田辺　で、まっ先にどうなるかっていうと、オナラをするっていうの、男の前でね。

佐藤　だって、男だってするじゃないの。
田辺　男はあたりまえだっていうの。
佐藤　そういうところは平等の考えではないですね。大体、羞恥心がないというと、中年女がその代表みたいにいわれてるわねえ。やっぱり、それだけ鈍磨するわけなんだろうなあ。わたし、子供産んだときは、ちょうどベビーブームのまっ最中ですよ。浩宮さまが生まれた年なの。それで、日赤の産院へ行ったら、大きなおなかの人が、ズラーッと廊下に行列してるわけ。なんで行列してるかっていうと、オシッコ取って、検査してもらうんだけど、そのオシッコ取るための行列なのよ。
田辺　うーん。
佐藤　それが、おなかがこんなに大きくなってるから、十人並んでも、二十人分ぐらいの行列の分量になるわけ。（笑）そのズラーッと並んだ列の中にわたしも加わったときは、もうなんか……。
田辺　恥ずかしかった？
佐藤　うん、恥ずかしかった。それから、それが終わるでしょう。自分の尿の入ったコップをまた別の窓口に出して、今度は別室へ行くの。狭い部屋にハカリが置いてあって、体重はかるわけ。着てるものぬいで、自分で体重はかって、紙に書き込んで、看護婦に渡すわけよ。ただでさえ狭い部屋を、おなかの大きい人が押し合いへし合いで、着物ぬいで、はかりへ上がってね。妊娠してるから、冷えたら困るので、いっぱい巻きつけてるでしょう。

田辺　うんうん。

佐藤　ほんとうにもう、あんな耐えがたさを感じたことはなかった。自分一人じゃそうは思わないけどね、妊婦の集団ていうのは、すごいわよ。あれ、平気でいられる神経ていうのは、やっぱり女が生まれながらにして授けられたもんじゃないかと思うわよ。

田辺　うーん。しかし、考えてみると、男の人がよくあの恥ずかしさに平気でいられるなと思うのはね、いまは知らないですよ、だけど、よく戦地から帰った人の話きくじゃない。ピー屋（慰安所）の前に兵隊が行列して待ってるっていうの……、お互いに顔見合わせて何ともないなんて、ふしぎだなあ。みんな一つずつゴムの袋もらってね。人間が動物であるということに耐えられないような恥ずかしさね、それはとっても。

○

佐藤　羞恥心というのは、そういうセックスとかからだに関したこと以外にもあるわね。もの書くっていうことだって、やっぱり恥ずかしいですよ。この対談でも、第一回目、いろんな人から、おもしろかったっていわれてそれでおっかなびっくり読んだんで、絶対に

落ち着いて読めない。（笑）
それから、テレビでも、ビデオの場合は、あとで見られるわけよ。でも、見たことないの。もう恥ずかしくって、見られないのよ。
田辺　わたし自分の、小説の載った雑誌、もう読めないわ、恥ずかしくて……。
佐藤　読めないわねえ。ほんとに恥ずかしいわ。でも、わたしは自分が見ない限りは別にそうでもないの。見ないでかってにしゃべってる分にはね。それをあとでまざまざと見せられるっていうのは、もう正視できないですね。自分の醜悪なところをいやでも見せつけられるという感じ。いつか遠藤周作さんが「テレビ、自分の出たの見るか」っていうから、「いや、わたし、とってもよう見ん」ていったら「それをギュッとがまんして見ることができるようでなきゃだめだ」とかっていわれたけど。
田辺　でも、テレとか羞恥心て、いい面もたくさんあると思うね。
佐藤　やっぱり、なきゃ困りますよ。羞恥心なくなったら……。
田辺　でもね、このごろテレビで新婚さん呼ぶ番組なんてあるでしょう。
佐藤　うん。
田辺　そういうときに、どこで知り合いましたかとか、まあ「夫婦善哉」もそうだけど、こういうふうなわけで知り合いまして、それからこうこうなって結婚しましたなんて、とうとうというねえ。あれ、ディレクターがいわしてるんかと思うたら、ほんまに出場した若い夫婦がいうてんやて。聞いてほしくてしようがないのよ。

佐藤　そうよ。それで亭主が出てきて、横でヘラヘラ笑ってんの。まったくヘドが出るような気がするわ。憤慨するわねえ。(笑)

田辺　わたしはやっぱり、女には羞恥心がなくて、男にあるというのが、あらまほしき状態なの。

佐藤　女はなくてもいいの？(笑)

田辺　なくてもいいということはないけど、ないようになってしまうでしょう。それがノーマルなんやない？

佐藤　まあね。

田辺　そうでしょう。

佐藤　また、羞恥心があってはやっていけないようなとこってあるわよ。

田辺　女のさがですよ。

佐藤　うんうん。

田辺　ただ、そういうものがあるっていうふりだけでもしてればね。やっぱり、子供二、三人持ってるような奥さんが、なおかつ、羞恥心を持ってるていうんじゃなくて、そういうものがあることを知ってる、それぐらいの知性があるのが一番いいんだけど、ほんとの意味で、そんなんあんまりないでしょうね、女の人は。

○

佐藤　女の人で顔を整形する人いるでしょう。わたし、あれどうして恥ずかしくないのかと思うの。（笑）あれ、ほんとうに恥ずかしいですね。

田辺　あれはね、もう、なんか一種狂気のさたとしかいいようのないのがあるのよ。わたしの読んだのではね、六歳の女の子に隆鼻術をさせてる母親があるの。で、さしもの整形医も、子供のうちは鼻は低いほうがかわいいし、それに、だんだん大きくなるんだから、いまからしないほうがいいって、しきりととめるのに、母親のほうはやっきになってるんだって。どうしてかっていうと、テレビに出すから、そのときに映りが悪いっていうんですよ。（笑）

佐藤　なに、それ、子供は子役なの？

田辺　子役じゃないの。一ぺんか二へん、何かの自慢大会とか、のど自慢みたいのに出たり、踊りを踊らせるっていうの。子供にはそんなんさせるけど、やっぱり自分ではそんなことしないでしょうね。

佐藤　うーん。わたしの知ってる学校の先生が、夏休みの間に鼻と目を直したわけよ。夏休み前と、二学期が始まってからと、全然違う顔で学校へあらわれて、(笑)よく平気で行けると思うの。

田辺　使用前と使用後やね。(笑)生徒もびっくりしたやろね。

佐藤　なんていうのか、ホラ、女は人の目に美しく見せたいというのは、当然なんで、みんなあるんだけど、それがあまりにも露骨であると恥ずかしいという感じがあるわけよ。ほんとは露骨でなく、自然な形で見せたいのよ。それが何か羞恥心飛び越えて、一挙に目がパッチリしたっていうことは、やっぱり恥ずかしいことじゃないかと……。(笑)

　それから、デパートの化粧品売り場でお化粧してもらうのがあるじゃないの。

田辺　あれも恥ずかしいね。

佐藤　みんなとり囲んで眺めてる前でお化粧してもらう……。(笑)

田辺　あれを平然として、お化粧代一回助かったっていうような人もいるねえ。

佐藤　うん。

田辺　あれまた、すぐひっかかるでしょう。「ちょっといらしてください」なんていうからフッと行ったら、顔じゅうパッパッとね。お化粧とられてしまうわけ。コールドクリームか何かで。そうなると、もう歩けないじゃない。

向こうはえものをくわえ込んだという感じでね。まわりに人集めて、おもむろにやるの。

佐藤　引っぱるほうも、やはり同じ年ごろの女ですけど、これまたずうずうしく、恥のカケラもなくひっぱってくるわねえ。

田辺　あれはやっぱり職業意識よ。職業意識に徹してるていうことなんやろ。

佐藤　やっぱり女はムキになるから、ああいうとき夢中になるんじゃないの。羞恥心なんて忘れてしまうのよ。

○

田辺　でも、やっぱり見てて一番恥ずかしいのは結婚式ね。

佐藤　あれ、一番恥ずかしいの、花ムコじゃないかな。

田辺　だから、花ムコっていうのは、たいがい浮かぬ顔してるね、写真に写るとき。（笑）そして、花嫁がニコニコしてるね。だけど、そういうふうにものわかった男がテレビに出て、どこで知り合って、どういうふうに仲よくなってっていうの、あれはやっぱり違うのかな、恥ずかしいって結婚式に思うようなそういうのは出ないね。

佐藤　出ないね。きのうテレビ見てたら、ホラ、口の大きな漫才師、ええと、京唄子、あれが司会して、やっぱり若い夫婦が出てくるのあるじゃない。その中でね、デートしてるときに、女の子のほうが寮に暮らしてて、門限があるから送っていくんだって、それで最後にお休みのキスをしようと思って抱き上げたとたんに、オナラをしたっていうのよ。

田辺　どっちが？

佐藤　女が。

田辺　フフフフ。

佐藤　それをテレビでしゃべってるわけ。いや、わたし、びっくりしたわ、あれには。オナラをしただけならいいけど、そのうちに異様なにおいがただよってきたとか、（笑）そこまでいう必要はないんじゃないかと思うのよ、ねえ。

田辺　ねェえ。（笑）

佐藤　いろんなものを切り捨てていく時代だからねえ、若い人たちは羞恥心なんての、一番先に切り捨ててしまったのよ。

田辺　脱羞恥心時代か。恥ずかしいね。

〝いけず〟の楽しみ

田辺　大体、女ってみんないけずね。
佐藤　そりゃ、男と女といけず合戦すると男が負けるわよ。
田辺　男、負けるね。陽性のいけずと陰性のいけず……。あ、佐藤さんは陽性のほうかな。わたしは陰性のいけず。にっこり笑って人を斬る。佐藤さんのお召しものって、いつもいい色合いね。これはいけずやないのよ。(笑)女って、それとなく相手をほめて、早く自分もほめてほしいっていうのがあるでしょうね。
佐藤　何か奥のほうで突き刺すようなのをやるわね。男はあれ、あんまりやらないんじゃないかな。
田辺　どうかな、疑問よ。
佐藤　男もいけず?
田辺　男のいけず度って相当なものよ。フフフ。
佐藤　それ、ちょっと聞かしてほしいね。わたしは、大体、加害者意識が強い人間だから、いけずされててもわからんというところがあるわけですよ。

田辺　鈍いのよ。それは。
佐藤　したほうのことばかりおぼえてて、してやった、してやったと思ってるけど、案外されてたのかもしれない。
田辺　ところで、いけずいうことばは、関東にもあんのかしら？
佐藤　ないわね。でも、いまはテレビなんかの影響で関西弁も相当使われてるから、なんとなくわかるんじゃないかしら。
田辺　いけずって、どこから出たのかしら。いけずうずうしいがころんで意味が変わったのやろか。いじわるという意味になったのか……。根性悪というふうな意味もあるでしょう。
佐藤　うん、あるわね。
田辺　腹黒という意味もあるし、いじわるというよりいけずといわれたほうが、ほんとにぴんとこたえそうな感じね、身に。それに、いけずいうと、何か陰湿な感じするわね。
佐藤　やっぱりいけずというと、男の顔が浮かばないで、女が浮かぶでしょう。
　特に昔の大家内の中での、嫁、姑、小姑というのが一番ぴったりするような、そういう語感やね。それから会社の年とった女の人とか、オールドミスとか、大奥の女中とか……。
田辺　しかし、政治家はやっぱりいけずしてるやないの。大いけずでしょう。いけずしてお互いに足引っぱったり……。

佐藤　そうね。でも、具体的にわたし考えたんだけど、どうもいけずはこうだと思い浮かばないの。
田辺　ほら、林芙美子さんがまだ世に出る前に、友だちの原稿を出版社に持って行っといてねといわれて、預かっておきながら、わざと友だちのを持っていかずに、自分のだけ持って行ったというはなし……。
佐藤　あれはだけど、純粋なるいけずとは違うんじゃない、何かそこにやっぱり……。
田辺　作為的なものがあるというの？
佐藤　うん。野心とかそういうものがまじってるんで、純粋ないけずというのはやっぱりむずかしいよ。林芙美子の場合はそうじゃなくて……。
田辺　計画的なあれかな。
佐藤　彼女の人生がそうさせたみたいなものがあるけどね。生まれ持ったもんじゃないかという気がするよ、いけずは。
田辺　いけずというのは、そう深いたくらみとか謀略とか、そういうものとは違うわけね。
佐藤　そう、違うとわたしは思うわ。女の場合は目的なしにいけずやるわけで、本質的なもんでしょう。
田辺　いけずそのものがおもしろくてね。

佐藤　フンフン、せずにはいられない欲求があって、性欲とか食欲とか同じようなあれで。(笑) いけずやって快感をおぼえるのね。

○

田辺　男の人にいけずしたって、たとえば具体的にどういうこと？　佐藤さんだと、だんなにいけずした？

佐藤　いや、わたしは、だんなには、いけずよりも戦ったわね。(笑) よく考えてみたら戦いですよ。いけずというのは、戦争の場には通用しないでしょう……平和な時代じゃないと。わたしの人生後半は戦闘状態にあったから、いけずするひまもなかったわ。

田辺　そうすると、わたしは平和な時代ということになるね。わたしはいま亭主に……。

佐藤　いけずしてる。(笑)

田辺　たとえば、うちなんか大家内でしょう。亭主の身内のことなんかについていろいろいうけど、正面切っていえないこともあるわけ。だから、だんなが非常にごきげんで、お酒飲んでるようなときに、ちょこちょこと悪口いったりする。(笑) ああいうのはいけずね。向こうは普通の話だと思って、ごきげんうるわしく飲んでるじゃない、そこへときどきチクチクいうと、だんだん顔色が微妙になってくるね。ああいうの見てて、いい気持ち。

（笑）

佐藤　やっぱり平和ですよ、お宅は。

田辺　ついに亭主は色をなして、「それがどうした、はっきりいえ」というんですよ。「何にもないわよ」なんていい気持ちだな。

佐藤　やっぱりそのだいご味を味わうのは平和でなきゃだめね。

田辺　そういうことかな。

佐藤　そうですよ。

田辺　そして、相手があまり敏感だとだめよ。鈍感だからこそいけずしたくなるのね。

　亭主とけんかするでしょう。そうしてそのあと、向こうは医師会にしろ何にしろ、すごくおこって出てくじゃない。

　わたし、出ていくとき、わざと靴を左右逆に置いといてやるの。靴が左右逆になってるさまっておもしろいわね。

佐藤　ふーん。やっぱり田辺さんはいけずのベテランね。あたしはやっぱり、子供の当時のことを考えたら、いけずというより、いじめたという感じのほうが強いね。フフフ。

○

田辺　餓鬼大将佐藤愛子ね。餓鬼大将にはいけずできないね、そういえば。

佐藤　できない。いけずは単純な人間にはできないのよ。

田辺　そうね。それに、やっぱり大阪弁の感じがありますよ。たとえば大阪弁でぼやくというでしょう。ぼやき漫才なんてあるじゃない。都家文雄《みやこやふみお》なんかが、舞台で時勢を慨嘆するのに、コロムビア・トップ・ライトみたいに、正面切っておこったり批判したりしないの。あれはほんまにどうしようもない、佐藤栄作がどうのこうのって、ぶつぶつぶつぶついうから、それがおかしくって客がどっと笑うんですよ。「ぼくは、この舞台の上に立って、日本の将来をうれえとる。ほんとうはこんな高いところからものをいいとうないねん。下へおりて、ちゃんとみなさんの間にまじって、皆さんと手ェにぎりおうてしゃべりたい、そして、なんぞもらいたい」と最後にオチがあって、どっと笑うという、ああいうぼやきの系統……、ぼやきというのは、決してこっちに力があって、腕力があって、それで文句をいうんじゃないですよね。なんとなくいいたいことがいっぱいあるんやけど、正面切っていうとこわいから、うしろへ回ってぶつぶついうてる、それがやっぱりいけずの感じね。

ほんとに戦いとって、こっちのいい分を通せないわけよ。

佐藤　弱者の領域ね。（笑）

田辺　何かこう、日なたに持ち出せないような、けんかみたいなものね。

佐藤　だから、やっぱり弱者の領域に属するものだし、平和でなければ味わえないし、できないんだから、それで女に多くて男にないんじゃないの。

田辺　そうね。源氏物語なんか読むと、帝に非常に愛されてる、桐壺の更衣なんてのが帝のところへ行こうとすると、廊下の戸をあっちこっち締めて通れないようにする。あれはいけずの最たるものね。

それから、きたないものを廊下の隅っこに置いといて、お召しもののすそがわざとよごれるようにするなんてのは、これは実にうまいいけずで、一千年来綿々と続いてるわけよ、女のいけずというのは。（笑）

○

佐藤　東京よりも大阪の人のほうが、いけず度が強いわね。でもそれ以上に、京都人はまだいけずだというじゃない。

田辺　そらそうね。たとえば「京のぶぶづけ」なんて、ほんとにいけずの典型みたいね。

佐藤　それはどういう意味？

田辺　京都人いうのは、道ばたで知ってる人に会うと、「どうぞ、ぶぶづけなと食べにおいでやす」なんていうて、そのことばどおりほんまに行ったら、ものすご軽蔑され、なんというういなか者であろうかと……。

佐藤　京大人文科学研究所の会田雄次先生の本を読むと、京都人のそういう気質は、貴族文化の流れをくんでるんだというじゃない。

田辺　そうよ。「蜻蛉《かげろう》日記」の作者の夫である藤原兼家というのがいますね。あれが非常にやり手の野心家で、たいへん政治的な能力のある男で、たくさんの兄さんたちをけ散らして、最後には一番上の太政大臣の位までいくんですよ。この人が平生仲たがいしてる兄の兼通っていうのが病に伏して、危篤のとき、大きな声で、先をおわせ自分の車で兄の屋敷の門前を通るの。兄さんの兼通は、平生仲悪いけど、やっぱりいざというときにはかけつけてくれたのかと、うれし涙にむせんで、病床から身を起こしたとたん、車がスーと前を通って行ってしまう……。（笑）

佐藤　これはすごいよね。

田辺　実にすごいいけずね。この兼家というのはたいへんな暴君で、読むと、わたしなんかとても魅力あるんやけど、「蜻蛉日記」には事こまかに、兼家の性格の逐一《ちくいち》が書いてあるわけ。兄にさえそんなことするぐらいですから、「蜻蛉日記」の作者である妻の家の前を、非常に高らかにせきをしながら、よその女の家へ行ってしまうのね。「道がたくさんあるのに、わざわざ妻の家の前をお通りにならなくても……」と女房たちが泣き沈むわけよ。あれはいけずね。男のいけずですよ。そうしてみると、男のいけずの根源は、やっぱりお公家《くげ》さまのものね。だから、木曽義仲みたいな、すっぱりと竹を割ったような単純な男が京都へ入ってくると、お公家さんなんかにほんろうされてしもて、いけずの限りをつくされるわけでしょう。ご飯食べてるところへお公家さんがくると、一緒に食べなさいとすすめるの。お公家さんは東国のいなか武士のまずい麦めしだか何だか、そんなもの口に合わないんですよ。それを遠慮してるんだと思って、無理やりすすめるなんてところが、義仲も実にかわいいね。（笑）お公家さんのほうじゃ、閉口したものだから、帰ってからお公家仲間で、実にしようがない野蛮人だなんて陰でいうといて、「いや、けっこうでございました、おいしゅうございました」て帰るなんて、お公家文化というのは、ほんまにいけず文化ですね。

その点、頼朝なんて賢いね、そういうこと見抜いてるんだから。いけずにはつき合えんということで、鎌倉へ逃げてしまうでしょう。

日本文化っていけずな特質があるわけね。

佐藤　うんうん。

　ですけど、やっぱり武家文化というのも、あるところで——江戸みたいな狭いところで長いこと持ちこたえてると、変なふうに異常発酵して腐ってしまってね。三百年の武家文化、江戸文化というのもいけずやね。

田辺　いけずね。だから、いけずというのは長いこと置いておくと発酵するわけ。

佐藤　そう。やっぱり、いけずは平和の中で発酵するものですよ。

田辺　そうすると、男と女が長いこといっしょにいすぎると、やっぱりいけずが生まれてくるわけやね。

○

佐藤　女のことばかりいったけど、いけずなじじいなんていうのもいるわね。

田辺　いるね。いじわるじいさんているよ。

佐藤　ばあさんとじいさんとどんなものかしらね。

田辺　ばあさんはこのごろ力あるから……。長谷川町子さんの漫画でのいじわるばあさんだけど。

佐藤　あれ、わたしはとても好きないじわるばあさんだけど、じいさんがやるんだったら始末におえないかもしれないわね。だけど、女の人で自分がいけずであると思ってる人は少ないんじゃないかしら。自然発生的なものだから……。
田辺　そりゃそうよ。大体、いけずなんて、さっきからいってるように、意識してやったり、目的持ってやったりするようなもんやないもん。
佐藤　でも、小説とか逸話とかの中に残ってるいけずというのは、必ず理由とか目的というものがあるでしょう。
田辺　そうね。
佐藤　だけど、ほんとは理由も何もないのにそうするというのがいけずの真髄ではないかと思うので、そういう小説をひとつ書いてみようかな。
田辺　そうすると編集者に、こんなん小説やないいうて、いけずされたりして……。
佐藤　これはだけど、女というものを描くことになるのかもしれませんよ。
　理由も何にもなしにいけずするというのは、ちょっとおもしろいんじゃないかしら。
田辺　そりゃ、書くとええわね。大体、この佐藤さんとわたしの対談が、そもそもの初めからいけずのいい合いやったもん。もうそろそろ打ち切りましょか。

聖子あとがき――あんみつを食べながら交すムダ話にも似て

畏友・佐藤愛子さんとの対談は、私にとって実に楽しく、有益な仕事であった。尤《もっと》も私の力倆《りきりょう》では、佐藤さんと四つに組んで、充分その魅力を引き出し得たとはいいにくいが、しかしこの本でも、あらまし、それが紹介されているはずである。

佐藤さんは私とほぼ同年輩なので、大体、考えかたの基盤は同じである。しかし、資質としては、どうも、佐藤さんが陽ならば私は陰、彼女が動ならば私は静、彼女がカッカといきりたてば私は、マアマアとなだめる、というふうに対立しそうである。

そしてそれが対立しつつも「なにを」「なにさ」のケンカに発展しないのは、お互いそのかみ戦中戦後の苦労をそれぞれ経てきたという戦友意識があるからだろう。佐藤さんが女学校五年生のとき、私は一年生だった。さればこの本も、上級生のお姉さまと一年生の新入生が連れ立って下校の途中、あんみつやお汁粉を食べながら交すムダ話にも似ている。

文中、敬称略で酒の肴にさせて頂いた男性諸友よ、日頃の我らへの友誼に免じてご海容下さい。

Ⅱ　男と女の結び目

あぁ男　おとこ

許せない男たち

佐藤　結婚式でうれし泣きする男がほんとにいるんですってねぇ。

田辺　わたしも一度見たわ。背の低いムコはんでね。ジュウタンの下に詰め物おいて、その上に乗ってヨメはんと並んで写真撮ってもろうて、ほんまに涙浮かべてうれしそうにしてた。（笑）

佐藤　そういうの、恥と思う精神がどこへ行ってしまったんでしょう。わたしがいたら、ぶんなぐってやる。（笑）

田辺　もののいいようがないって感じ。

佐藤　昔は〝コケンにかかわる〟といって男は面目を一番大事にしたものでしょう。その必要がなくなってから、男は一気にグダッとなってしまった。この間飛行機で大分へ行ったとき、ほとんどが新婚旅行のカップルだったけど、飛行機がものすごく揺れたのよ。そしたら、女はケロッとしているのに男はみんな真っさお。ところが、女は内心ケロッとしているくせに、こわいふりして男にキャーキャーしがみつく。男はというと、強がって女を片手で支えながら、もう一方の手でスチュワーデスに薬をもらって飲んでるの。

田辺　結婚なんて寒いときの湯タンポがわり――といった人がいるけど、湯タンポがわり、せんたく機がわりは古い世代の男の話で、いまの男は結婚が生きがいみたいなことを平気でいう。

佐藤　男にとって家庭は〝ついで〟みたいなもんだと思うんですけれど…。

田辺　ほんまに小説書きにくくなったわ。男に「結婚にすべてをかける」「家庭が生きがい」といわれたら話の運びようないもの。

佐藤　先日ホテルのロビーにいたら、五組ばかりお見合い中だったけど、女はみんな堂々としているのに、男は小さく硬くなっている。あれ、どういうのかしら。

田辺　お見合いだけでなく、男が堂々としているのって、とんとみかけなくなったけど、どんなとき堂々としているんやろか。

佐藤　そんなこと、すぐ思い出せといわれても、一時間ぐらいかけないと出てこない。(笑)

田辺　そのくせ、女をなぐる男が依然としているんじゃない？

佐藤　そのなぐり方が堂々としていないの。女がキーッとなって男をひっかくのと同じようなぐり方をする。女に負かされて「くやしいっ」といってなぐる(笑)。あんなの見たら、うちの父（故・佐藤紅緑氏）なんか憤死しかねない。なにせ、男のくせにネクタイ三本も持つとは情けないヤツ――と怒ったぐらいだから。

でも、もう憤ってハッパをかけてもはじまらないって、あきらめの境地よ。リンゴが緑色にみえるという人をつかまえて、緑色にみえるのはけしからんといってもはじまらんでしょう。

神経にさわる男

田辺　小心律義は本来女の特性やのに、このごろ小心律義な男がふえてへんか。
佐藤　現実主義の男がふえたということでしょうね。
田辺　みんな子ぼんのうすぎてねぇ。運動会だ、入試だいうと、会社休んで出かける。
佐藤　楽しいから行くのかしら。
田辺　前は、奥さんに尻たたかれて、いやいやながら行くんだと思ってたけど、どうもそうでもないのよ。
佐藤　かなわんというポーズとりながらも内心うれしい。
田辺　それよりもう一つ上やの。欣然《きんぜん》として水筒とカメラ提げて遊園地に行くし、運動会に行くのよ。

佐藤　男は本来、関心が外に向かって広がっていくものだったでしょう。

田辺　仕事や家庭のほかに、なにかおもろいコトをやっているのが男だったでしょ。それが、関心が内へ向いて、愚にもつかない教育パパになっている。

佐藤　いまに「うちのパパ、日曜ごとにどこかへ連れて行きたがってかなわん」って、こどもにいわれそう。まあ、それだけマメマメしければ、奥さんが欲求不満を起こすこともないから、わたしたちがやったような夫婦ゲンカはしないですむというプラスはあるでしょうね。

団地あたりでは、日曜にマメマメしくタナなどを作ってくれるのが模範亭主で近所の奥さんの憧れの対象になるそうですから、女が歓迎するからそういう小心律義な男がふえたということもいえます。

田辺　女性化社会になったということは平和の証拠だからあまり非難はできんけど。

佐藤　女が自分を主張し、男の前にひれ伏さなくなった。平等になったんだから慶賀すべきことかもしれませんよ。

田辺　慶賀ばかりもしてられへん。男が家々のことをかまいすぎて女に任せんようなったら、喜んでばかりもいられへんもの。入学式の付き添いなんて、父親の領域じゃないんやから。

佐藤　それが自分なりの教育方針を持ったうえでの介入ならまだいいとして、子を育てるなんの方針もないくせに、奥さんの仕事を取り上げるのはよくない。

田辺　なにか精魂打ち込めるものをみつけてもらわんといかんなあ。

佐藤　その精魂打ち込むことなんですけどね、どうして昨今の男は〝もうかる〟ことばっかり考えるんだろう。チマチマと計算ばっかりしている。〝損した〟といっては青くなり、ちょっぴり儲けたといっては飛び上がる。みっともないったらありゃしない。

男の生き甲斐ってそもそもそんなちっぽけなもんだったんでしょうかね。

田辺　でもわたしは、その、したいことのために家庭を犠牲にするのは反対やね。わたしはね、家庭をえいえいと養って、遊園地にも連れて行って、その一方で「ナゾの空飛ぶ円盤」とか「ネス湖の怪獣」なんかに夢中になって、新聞記事をせっせと切り抜いているようなの、好きだわあ。

浮世のしがらみに足をとらわれながら、家庭サービスし、こどもを大学にやり、そのうえもう一つなにかあるというのが男らしい男と思うけどな。

佐藤　そのうえにもうひとつ、万一のときは貧乏も平気という強さがなけりゃあ。それが男でしょ。

いとしい男たち

田辺　男をくどく殺し文句って知ってる？

佐藤　さあ。

田辺　「あなたはにぎやかにやってはるけど、ほんとうはさびしい人なんですね」これなのよ。（笑）ただし、ニコリともせずにいわにゃダメよ。

佐藤　昔の男ならムッとしたでしょうに。

田辺　いまの男だっていいようでムッとするでしょう。だからＴＰＯをわきまえねば……。（笑）

佐藤　このごろ「浮気したい、したい」という声を男性からよく聞くんですよ。

田辺　うちもよ。「したいけどかみさんにめっかったらどないしよう。かみさんを悲しませてはあかんし」なんてブツブツいって。結局浮気ひとつできない男ばかり。

佐藤　べつに浮気を推奨するわけじゃあないのよ。ただみんな正直で。悪人はいない……。

田辺　なんにもできないの。

佐藤　でも男って孤独なのね。とくに父親はね。

田辺　毎朝きまった時間に家を出て、ちゃんと帰ってくるなんてほんとにすごい。尊敬しちゃうわ。それゆえに、私は〝あわれ〟だと思うの。

佐藤　その点働く女性には〝あわれ〟はないわね。いざとなったらいつでもやめられる、っていう強さがあるからでしょうか。

田辺　どこかゆったりしている。外で働いている人には〝髪ふり乱す〟ということがない。

佐藤　男の働く姿はある種の感慨なしにはみれないですね。

田辺　屋台のオデン屋で寒い夜にかん酒一杯とおいもさんを舌ならしながら、ほんまにおいしそうに食べる。あれは男の法悦やね。女は働いてもああいう法悦は必要ない。そのへん、奥さん方、わかってはるのやろか。

佐藤「オデン屋に三百五十円も払うんなら、うちなら何人で食べられる」なんて……。女は勘定高いですからね。

田辺　あの法悦は家庭では味わえっこない。それなのに五百円札出して、おつりもらって、バスに乗って、家に帰ってくるんですからね。男ってあわれや。つくづくあわれや。

銃後と戦後の女の旅路

婦徳の鏡、九条武子

——お二人とも戦前、戦中、戦後の世相の移り変りを小説の中でもお書きになっているわけですけれども、きょうはお二人がじかに歩まれてきた五十年の中での世相について女性の側からの感想を伺いたいと思います。

佐藤　田辺さんは昭和三年生れでしょう。私は大正十二年ですからね。五年違うわけで、この五年の違いで経験のしかたはずいぶん違うわね。

田辺　一番顕著なのは、佐藤さんはお一人で帯が結べるの。私は結べない。帯が結べるか結べないかは五年周期、三年周期ぐらいで違うと思うの。佐藤さんは娘時分は着物ですごしてらしたでしょう。ですから戦前のよき時代をまだちょっと知ってはるわけね。娘時代のころ着物着てはったでしょう。

佐藤　娘時代の半分ぐらいはモンペですよ。

田辺　私は着物着るのは病気のときだけ。童女のころは天神さまのお祭のときにへこ帯でしょう。女学生のころまでへこ帯のまま。女学校も上のころになると、おたいこを締めるんですけれども、それをするひまがなくてモンペに入ったわけで、だから少し違います。

佐藤　それと結婚の相手がこれは大きいですよ。私たちのときでいうと、みんないいのは戦争に行って、カスが残っている中で、結婚の相手選ばなきゃならない。田辺さんは世の中が落ち着いてからで。

田辺　終戦後復員して来たいいのを選べたわけね。

佐藤　ほんとに私は日本負けるんじゃないかと思ったのは、昭和十八年ごろになると男の子の多くがだんだんやせ衰えてくるんですよ。そのころやはり結婚する以外に生きる道ないから、どうしても町に行くと若い男が目につく。どこを見てもやせて細くて病気みたいな人ばかり。しまいには駅で挨拶してる出征兵士でもすでに病人みたいな出征兵士ばかりになってきて、二年ぐらいの間に急激に男が変ってきた。

田辺　ところで一番はじめに覚えている女の人は、私は人見絹枝さんだった。アムステルダムのオリンピックは私の生れた年でじかには知らないですが、語りつぎで覚えているんです。女子八百メートルで二位になって日本人で初めて日の丸を揚げた人ね。

佐藤　私は小学校に上がる前から聞かされたのは九条武子夫人です。それは女の鏡やといわれた。九条武子夫人と柳原白蓮《びゃくれん》とをいつも比較した話、母から何べん聞かされたかわからない。
田辺　柳原白蓮は有名やったね。九条武子さんと対照的な意味でね。
佐藤　九条さんは婦徳の鏡というか、ご主人が外国に行ったきりで数十年帰ってこない。それを孤閨《こけい》を守って文句も言わず慈善事業か何かをやっていた。当時の名流婦人はやたらにそういうことしたんですね。
田辺　私は大阪のせいか、そういう話をひっくり返してね、こういうこと聞かなかった？　九条武子さんのおまるをのぞいたらふつうの人のより太かったって。（笑）大阪の下町やと、九条さんの話になると母なんか一生懸命するんですが、ところがしまいには誰かがまぜかえしてそういうことを言うわけ。（笑）
佐藤　白蓮さんは恋に走ってね。我慢した人と我慢しない人というような、そういう意味で対照的だったわね。九条武子さんは圧倒的に讃美のことばに飾られてましたね。
田辺　女学校の教科書に出てましたし、みんな九条さんの歌なんか習わせられるしね。
佐藤　でも写真見るときれいでしょう。ああいう人いないわね。
田辺　貴婦人ということばがぴったりくる人ね。
佐藤　女優さんで最初に記憶にあるというと、水谷八重子ですよ。
田辺　私は一番古い映画は川崎弘子っていうの。「人妻椿」で見たわよ。

佐藤　私は映画とかそんなことじゃなくて、クリームだか石鹼だか、広告で水谷八重子の顔が出ていて、そういうことで覚えている。

田辺　私が覚えているのは田中絹代、それに山田五十鈴、原節子。

佐藤　原節子はだいぶあとでしょう。

田辺　これは小学生のころ。こどもの時代に映画で見たのは市川春代がいたでしょう。宝塚もよく行った。

佐藤　目玉の松っちゃんて知らない？　目玉の松っちゃんっていうのは、こどもがみんな目玉むいてまねしたのよ。尾上松之助といったかしら。目玉の松っちゃんがうちのおやじさんのところに会いに来たらしい。女中さんたちがみんな血相変えて、「目玉の松っちゃんが来た」と走り回っていた。それで覚えているけれども。

田辺　歌の方では（小唄）勝太郎、美ち奴《みやっこ》なんていうのは覚えているわ。そういう変な歌のレコードは佐藤さんのお家になかったでしょう。私らナツメロ歌うとどうしてそんな歌覚えているのなんて言われて。（笑）

佐藤　田辺さん、よく知っているの。（笑）

田辺　私は本当のちっちゃいときから耳慣れているし、うちの叔父さんがよく知っていたので覚えてしまったけれども。

佐藤　勝太郎というと市丸と並んでたわね。
田辺　美ち奴というのは知らない？
佐藤　名前だけ知っているけれども、どんな歌うたったのか覚えてない。
田辺　あのころ「空にゃきょうもアドバルーン」なんて覚えている？
佐藤　あれはうちの兄の歌らしいわよ。
田辺　渡辺はま子の「月が鏡であったなら」。
佐藤　あれもはやったわね。だけどあのころ流行歌じゃなくではやり歌っていったでしょう。はやり歌うたったらいかんて学校で禁止されたでしょう。ちょっとでもそういうのを歌ったりすると、「先生、何とかさん、はやり歌うたってはりました」と言いつけるのがいたりして。
田辺　「あなたと呼べば」という歌もあったでしょう。
佐藤　あれもうちの兄貴よ。
田辺　あれはよくはやったね。
佐藤　あんたのお兄さん、けったいな歌つくりはったな言われて、侮辱を感じたことあったけれど。
田辺　すごく暗い時代になりかかっていたから、かえってあんな歌がはやったんですね。

佐藤　「とんがらがっちゃいやよ」というのもあったしね。「もしも月給が上がったら」とか。あのころはサラリーマンということばなかったんじゃない。月給取りですね。

田辺　うちは商売人でしたから、「なんじゃ月給取りか」って、いつもそう言うの。それは耳についてたし、大阪では月給取りをものすごく落としめるわけよ。

佐藤　商人の町だからね。

男の人すごい滑稽や

佐藤　楽しみなんて何もなかったわ。

田辺　私は下町だからよく映画にも一人で行ったし、女学校は四年から女専（女子専門学校）を受けて出てしまって、一年、二年の間はお好み焼きも隠れて行ったり、映画と宝塚はちょこちょこ行くわけね。父兄同伴だったらさしつかえないというのやったけど、一人で行ったらいけない。私は別に不良じゃないから、男の子なんかおつき合いないし、お好み焼きとアンパン、ラムネと、女学校の金銭出納簿には毎日書いてあんねん。（笑）『少女の友』というのが中原淳一さんの表紙で実業之日本社から出て、あれが楽しみで、あのころから私はちょこちょこと短歌なんかつくって投稿して、載りますと百合の花を象《かたど》ったブローチを送ってくるんです。三つぐらいたまっています。ものをよく書いてたわ。自分で挿絵も水彩画で画《か》いて、クラスの子に回覧したり、そんなこと楽しみにしていた。女学校一年、二年のころです。三年になると、動員で、大阪城に行って、ごくごく初歩の学徒動員で、何をさせられていたかというと、大砲の弾の錆《さび》落とし、半分遊んでいるみたいですけれどもね。あのころはまだましだったね。大東亜戦争は二年生で、十七年というのはまだものがあったわね。

佐藤　いくらかあったわね。

田辺　当時、小説でも読んではいけないといわれていた。

佐藤　それは多かったわ。とにかく読んだらいかんというのですよ。

田辺　読んでいいのは「楠木正行の母」とか、「乃木静子夫人伝記」とか、そういうのはいいんです。

佐藤　佐藤紅緑というのはよかったのね。読んでもいい中なの。川上（宗薫）さんに会ったとき、川上さんのお父さんも小説を読むのはいかん、佐藤紅緑ならよろしいという、そういうのはわりと多かったらしいわ。

田辺　それと山中峯太郎とか。

佐藤　『少年倶楽部』ですよ。講談社文化ね。

田辺　私は佐藤紅緑先生のはいたく熱愛して読んだわよ。

佐藤　机の引出しに雑誌を広げて読んでいて、親がくると引出ししめるなんて言ってた人ずいぶんいます。あのころは本を読むことが遊びだったのね。悪い遊びというふうに考えられていたのね。

田辺　タバコやお酒と同じようにね。うちには叔父や叔母のほか若い者合せて二十何人いたものですから、江戸川乱歩全集なんてあって、それを全部読むわけ。それに『新青年』を取っていたの。それを片っ端からご愛読あそばすわけよ。小学校時代から読んでたの。うちの人がいろいろの本を取っているでしょう。叔母は『主婦之友』、母は『婦人倶楽部』、叔父の一人が『キング』なんか取っているわけですよ。やはり講談社文化で、片っ端からそれを読んでしまう。新聞の連載小説も全部読んで、「きのうの新聞は読まなんだけど、どないやったかな」と家族がみんな集っているときにだれかがきくと、私がこうこういう筋やと、「蛇姫様」のあらすじを言うわけ。「この子頭がいい子やなあ」なんて(笑)。「宮本武蔵」は新聞で読んで覚えている。

佐藤　私の娘時代の思い出は防空演習で占められているし、それと配給物の行列でしょう。楽しみなんてなかった。大東亜戦争が始まると「パーマネントはよしましょう」の時代ね。

田辺　あれは女学生かしら。でも小学生の記憶もあるわよ。小学校のときに「ああ、恥ずかしい、恥ずかしい、パーマネントはやめましょう」なんて歌っていたもの。

佐藤　何かパーマネントをかけると丸坊主になるって歌だったわね。
田辺　パーマネントでなく電髪といったわ。
佐藤　髪に電気かけて縮らせましたからね。
田辺　英語がなくなってね。敵性語だというので全部だめになって、バスの車掌も「右オーライ」を「右よろしい」とか言うてた。まるで花札ね。(笑)
佐藤　いま思うと、滑稽なことやってたものね。
田辺　私、男の人すごい滑稽やと思うわ。
佐藤　野球だってセーフ、アウトというのが「よし」とか。
田辺　あれはでけへんかったんでしょう。一遍か二遍やってやめたんじゃないの。しかししまいには野球もなくなっちゃったですね。
佐藤　私は二番目の兄が広島の原爆でやられましたし、三番目の兄はフィリピンで戦死しました。だからわりに戦争の犠牲を受けているんです。
田辺　私ところは死ななかったですけれども、終戦の年の六月一日の空襲で焼けまして、私はそのときは女専だった。女専にいて空襲警報が出たものですから、一度校舎の中の防空壕に入って中でトランプなんかして遊んでいた。空襲が解除してたから帰ったの。そしたらあのころは近鉄が関急といってましたけれども、停《とま》っていたの。鶴橋から大阪の福島まで歩いて帰ったんです。へとへとや。その間中大阪の町見たらつるっぱげなの。その前の三月と五月の空襲で焼けているものですから、上本町が高台であるってこと如実にわかった。ずっと帰ってきたら、北のあたりまで来るとまだ燃えているの。煙をついて憲兵なんかが一生懸命肉塊やくにゃくにゃになった体をスコップですくっているの。それを見て帰ってきたら、家が焼けてたんですよ。そののち三ヵ月ほどたって元気だった父が死にました。その年の十二月のことです。

佐藤　でも一番いやだったのは、人間がほんとにとげとげしくなったでしょう。バスに乗ってもバスの車掌はけんか腰だしね。

田辺　私はそういう感じは終戦を境いにしてあとだったの。終戦の前にはそんなに感じなかった。

佐藤　大東亜戦争からすごかったわよ。物がなくなるし。

田辺　なんとなく憂鬱な毎日だったわね。

佐藤　いやだったわね。人間がみんないやなところをむきだしにしてきたという感じ。

田辺　私はそのころ少女で、こどもで受けとめ方が浅いのかもしれないけれども、戦争中なんとかかんとか、一つの目的に向って皆進んでいるという感じがあったの。終戦後になると、そのたがはずれて、これはほんとにエゴのむき出しやったわ。とにかく自分が食べなければ死んでしまうし、その場合もほかの人は知ったこっちゃないというので、私らも畑の野菜引抜きに行ったり、燃料がないので木煉瓦ひっぺがして燃やしたり、人間の極限は終戦後のほうがきつかった気がするわ。

佐藤　極限にいく前の前奏曲みたいなところがあったの。ふだんは隠していたものがむき出しになってきた感じ。たとえばそれまで電気屋とか、八百屋のおっさんとか、お得意に対してペコペコしていた人が、防空班長になって、黒い襟の灰色の洋服を着ると人間が変ったみたいになるわけですよ。私はいまでも忘れないけれども、われわれみんな集めて町角で演説して、いばっていばってね。きのうまでペコペコしていた八百屋のおっさんが急にむずかしいことば使って演説する。火たたきが何本、火を消すむしろが何枚なきゃいかんというのがあったでしょう。うちは一つ足りなかったわけよ。そうすると「百円札が何枚あっても日本の国は守れない」って八百屋のおっさんが演説したの。いまだに覚えているけれどもね。警防団の洋服着ると、突如として人間が変ってしまうというのまざまざと見た。

田辺　在郷軍人というのがいばってたわね。

佐藤　防空に携わる人は、何かみんな急にいばるようになったわね。それから愛国婦人会があった。私は入ってないから関係ないけれども、あの団体のためにいろいろと強制されたんですよ。着物の袖をあのころ娘は一尺八寸か二尺という長い袂《たもと》の着物着てたの。それを短くせにゃいかんというのですよ。いま考えると吉岡弥生とか村岡花子とか、そういう愛国婦人会の人たちが当時偉い人たちだった。それが町角に立ってモンペはいて、袖の長いのが歩いてくると紙を渡すわけですよ。それを渡されると恥かしい思いをする上に、家に帰って袖を切らなきゃならない。私なんか何枚袖を切ったかわからないけれども、どうしてこうむだなつまらないことをさせられるんだろうと思って、知識階級の偉い女性というはおかしなのが多いなと痛感しましたね。

田辺　それは私にはないな。とにかく学校の女の先生、こわくていやで、私、目をつけられているんですよ。体操というと見学なんて言う。見学の場合判をもらいにいくわけ。「また見学ですか」なんて叱られるのがいやなの。それから机の中を調べられると、必ず小説が一、二冊出てきて、職員室に呼びつけられるという非常に悪い生徒でしょう。

男女平等の時代へ

田辺　終戦後、婦人参政権にはもちろんびっくりしたけれども、女が男女共学で、大学に入れるというのには一番びっくりした。私ら小学校六年の最後に男女別れてしまって、女学校と中学校に来る。六年のときたまたま私のクラスだけが男女いっしょのクラスだった。

そうしたら父兄の一人がものすごくおこって、校長先生にねじこんでいって、「小学校六年になっていっしょにさすなんて風紀が悪いやおまへんか」。普通小学校は三、四年で分かれてましたね。

佐藤　三年で分かれたわね。

田辺　それが終戦後めざましかった。それからダンスが終戦後はやったわね。

佐藤　ソシァル・ダンスね。

田辺　それとストリップ、パンパン。

佐藤　復員してやっとの思いで日本に帰ってきたときに、日本の女がアメリカ兵の腕にぶらさがって町を歩いていたときほどびっくりしたことはなかったと、男の人がよく言いますね。日本の女が腕を組んで歩くなんていうことはそれまでなかったことですよ。

田辺　しかもそれが外国人やから、二段階や。

佐藤　びっくり仰天したって言ってたわ。

田辺　あれは日本女性史を書きかえたんじゃないですか。それと女性犯罪者がふえた。あれもびっくりしたの。それまでは阿部定でしょう。これはこどものとき聞いているわけよ。

佐藤　それからカルカンまんじゅう。(チフス饅頭事件)

田辺　あれは女医さんで、自分が一生懸命尽した医者の男に裏切られて、毒入りまんじゅう送ったの、広瀬菊子だったわ。それぐらいしか覚えてないですよ。江戸時代から以後、さしたるものはなかったの。ところが終戦後になるといっぱい出てきたわ。「オー、ミステーク」のあれもそうだったわね。日大教授の娘さん。(日大ギャング事件)

佐藤　戦争に負けたと同時に凶悪犯罪が出てきましたね。(十二代目片岡) 仁左衛門だったかしら、一家皆殺しになったの覚えてない？　その原因はめしを食わさないっていうのよ。あれは日本が戦争に負けた惨めさを象徴した事件だと思うけれども、彼らだけ食べて自分には食べさせないという下男だったかが、奥さんとこどもが寝ているところを斧《おの》で片っ端からぶち殺した。そういうのがわりと多かった。

田辺　そういえば女性の凶悪犯罪は小林カウの日本閣殺人事件というのがあったやないの。日本閣という宿屋をのっとるのに、次々と殺していく。これもすごかったわね。女にして珍しく死刑になったと思うわ。

田辺　私は女に参政権ができるし、女の子は大学に行けるし、終戦のときほんと前途洋々という感じがしたわ。

佐藤　私はしたくないのに結婚したわけですよ。それで日本が戦争に負けたということを知ったときは、これでも、いなかで舅、姑に仕えとったわけです。(笑) それでなんだかしらないけれども、別に亭主に特に愛情があっていっしょになったわけじゃなし、何かこれで自分のしたいことができる世の中になったんだと、一瞬パッと光を感じた。しかし私はもうこどももいるし、せっかくこんな世の中になっても私にとっては何の意味もないという、非常に悲しいような悔しいような絶望感を感じた。

田辺　それはいっしょなの。私もせっかく大学の門戸が開放されても、家は焼けるしおやじは死ぬし、働かなきゃどうしようもなかったし。

佐藤　これから何でもできるんだから、私別れたろうと思ってね。それまでは結局食うために、養ってもらうために結婚しているわけですよ。それで兄のところに手紙を出したの。そうしたら藪から棒に何を言うかって相手にされなかったけれども、一瞬、そういう気持強くきたわね。だからいっしょになっていた亭主こそいい迷惑ですよね。(笑)

田辺　あのとき男女平等ということばは、女にとっては、文字通り光をもって輝いていたわね。だからそういうことを経験しないで、生れながらに男女平等の世に生れてきた人はかえってひ弱くなって、どう生きていっていいかわからないところがある、と思います。だって、私たちが戦前いまみたいに男子と同じように大学に入ろうと思ったら、仙台と九州だけで、そのほかはだめだった。女子大なんて規模は小さいし、程度も男子より劣るし、こんなふうに男子と同じように東大でも京大でも入れるような世の中になって、かえって大学を出た女の子がふがいなくなって、仕事らしい仕事をしないで、ふらふらと大学在学中にお婿さん見つけていいママさんになったりしているのを見ると、何か……。

佐藤　もったいないと思うわ。

田辺　あんまり自由が豊富すぎて、扱いかねるんやないかと思うわ。

佐藤　私は五十年生きて一番いやな時代というのは、女学校を卒業してから結婚するまでの二、三年の娘時代です。思い出してもぞっとしますよ。ほんとに灰色に塗りこめられた感じがあって、何をしてもむだだというあきらめが先に立って、何をする気力もなかった。どうせ、こんなことしていたって嫁にいかなきゃならないとか、どうせ戦争中だから、そういうことをしたいと思っても認められないとか、それが終戦で急にパッと広がってきたときに、ちくしょう、結婚しなきゃよかったな、（笑）しもうたってなもんですよ。こんな早く日本が負けるとは思わなかった。

田辺　私は終戦が十七やったからこれからだと思ったの。それで二十年の八月終戦になって、あくる年だったたか、女専在学中に関西学院の演劇部が朝日会館借りきって「アルト・ハイデルベルク」をしたんですよ。それを見にいったら、私は舞台ではじめて生身《なまみ》の人間がキスしているのを見たわけ。（笑）こういう可能性もあるんだなと思って実に楽しかったわ。それが満員で立錐の余地もなかったの。学生が出てきて、男の子も女の子もたくさんいたわよ。どこにこれだけたくさん若い人がおったんやろうと思うくらい。「方丈記」

を読んでいると、あのときは天災が次々に続いて地震や洪水があって、諸国の人の種が尽きたっていわれたのに、やはりこれだけ人間がいてるということばがあるんですが、ほんとにその光景を朝日会館で見たわけね。やはりまだこんなにたくさん若い者がいたんやな。まだ二、三年戦争しても特攻隊に行くのがおるなんて思ったわ。舞台ではケティと王子が一生懸命キスしているわけ。いや、うれしかったな。（笑）

佐藤　この間、私、個人タクシーに乗ったら、五十過ぎの運転手さんでしたけど、代々木公園の横で車が渋滞して停っているんです。横見たら公園の入口のところで若い男と女がキスしているわけよ。それが長いの長くないのって、離れないわけですよ。渋滞してみんなひまだから車から見ているわけですよ。長いこと見てても全然離れないの。私の乗ってる個人タクシーの運ちゃんが「なんだってこんなところでやるんだろうね。わしら戦争にこれから行くというんで、女房と別れるというときだってあんなことはなかったよ」。私も「そうよねえ」。（笑）一瞬目頭があつくなったですよ。そのときすべて過ぎぬという感じがあったわね。

いまの若い人たち

田辺　われわれ戦争みたいな大きな淵を乗り越えてきて不思議に感ずるのは、終戦後から今日までいろんな事件があった――宮城前の火炎瓶事件だの、六〇年安保や内ゲバでごじゃごじゃやってるのだの、ハイジャックとかテルアビブの空港でバタバタやったりだの――それらが皆一連に同じようになってしまって、どれがどれかわからなくなっちゃった。

佐藤　何かダンゴみたいになってね。（笑）

田辺　一番印象が強いのは重信房子っていうひと、これはどうなるかね。やはり戦前にもこういう女いたかしら。朴烈の奥さんとか伊藤野枝とか、あれが戦後派になると重信みたいになるんじゃないかと思ったりするけど。

佐藤　それは戦前といったってうんと昔でしょう。

田辺　そういうのが形を変えて重信に受け継がれてきているのかな。突然変異というのでもなさそうな気もする。日本の女の人はときとしてそういうのが出てくる。

重信房子のことが出たからいうけど、一般的に若者を持ち上げる世相は、注意しなければだめね。若いやつはなっとらんというほうが天下は泰平ですね。女を持ち上げる時代は平和ね。女の人をくそみそにいうと、これはものすごく国が右に傾いているわけですよ。いま女の人が一見強いみたいに見えるでしょう。それに反対して、ぽつぽつと女性蔑視の風潮が広がりつつあるんです。いまではそれが新鮮に見えるからそういう人がふえてくると思うの。これはちょっと危ないですよ。右傾化と正比例して動いていく。

佐藤　若者を知るために若者のところまで下りてわからなきゃいかんというふうに思っているなんて、いままでの日本の歴史にはなかったんじゃないの。はじめて到来したわね。戦争末期に山本元帥が「このごろの若者はなどと」言いましたけれどもね。

田辺　戦争中に吉川英治さんも言っている。

佐藤　昭和初年の生れの男性が少年のまま死んでいったでしょう。昭和三年、四年生れの人たちだと思うけれども、それこそお国のために何の批判も持たずに。あの人たちがほんとに一番気の毒だと思いますよ。

田辺　そのころ大学生で学徒出陣した人は少しは知っているわけよ。

佐藤　青春のちっぽけな楽しみにしろ、青春を楽しんだことはあるわけですよ。

田辺　「聞けわだつみの声」でも、昔のことを思い出して、アップルパイだったかで紅茶を飲んだのがなつかしい。そういう一文があった。これは戦前を知っている人よ。私らの少年少女のときそんなんあれへんから、何も知らないで死んでいった十六、七の人が一番かわいそうね。

佐藤　ほんとにあの人たちには、私胸がつまるのよ。また私たちの世代は夢を持つことがあったわけだけれども、夢持たないままに死んだわけですからね。

田辺　それと私は男性でいえば、いま中年の人っていうのはしんどいと思うわ。佐藤さんが言うているように、若くして何も知らないで必死になってお国のために死んでいった人と、そういうんからこぼれて生き残った人、これはしんどいわけやわ。
佐藤　ただ私、戦争の初期に南京で残虐行為があったり、それはむごたらしいことをしているでしょう。そういう人たちでもいま日本に帰ってきて背広着てマイホームで幸せに暮らしていると思うのですよ。人間の残虐行為と現在の平和、幸福とは、彼の中でどういうぐあいに結びついているのかと思うのですよ。人間というものはすごいものだなって思いますね。おそらくケロッとしているに違いない。あれは自分の残虐性のためにそうしたんじゃなくて、戦争という異常事態の中でやったということで消えてゆく。
田辺　日本人の民族性みたいなことになるけれども、個の意識がないでしょう。お上から命令されるとパッとそうなってしまう。ヨーロッパでは知らないけれども、女やったらそんなんしていたら、うちのこどもかてこんなんさせられたらかわいそうだとか思わないかしらん。特に日本人の男はそういうふうに団体の中で動くと、ちっとも振り返って自分自身を考えることをしない。そういうところドイツ人に似ているのね。非常に敬虔なキリスト教徒でもアウシュヴィッツに配属されると平気で悪いことをする。
佐藤　昔は私たちの世代には同じような色彩の鋳型というほどでなくても、だいたい戦争中は戦争に勝たねばならぬという色彩でみんな彩られていた。いまはいろんな彩りの人間があって、どうなっていくのかわからないんでしょうね。

田辺　だけどもしそうなれば、私はたいへん若い人に希望が持てるけれども、私はちょっと悲観論で、いまあんなに黄や赤や緑やなんて各々一人一色みたいなことを言っているけれども、いまにヒットラーが出てくればパッと同じ色に染まってしまうという気がたえずあるんです。

佐藤　ヒットラーが出てくればということね。

田辺　いつかは出ると思うな。出る下準備が着々できつつあるというような気がするんです。若い人がどう生きていっていいかわからないというのは、ヒットラー待望論だと思う。若い人をひきずりまわして喜んでいる加藤諦三《ていぞう》さんみたいな人がいるでしょう。あれの大型が出てくるんじゃないか。根っこの会の親株みたいなのが。私それを若い人が待っていると思うわ。ある意味では野坂さんもそうだけれども、野坂さんは本人が好き放題しているから、若い人どこへ行っていいかわからない。だけど、ほんとに野坂さんがこうせいって采配振ったら行きそうな感じがする。

佐藤　はじめはおもしろ半分についていくけれども、ヒットラーがあらわれても、とことんまで行かんのじゃないかと思う。

田辺　そうなりゃご同慶の至りで、日本はよくなったわけですけれども。

佐藤　ある程度までは好奇心でいくけれど。

田辺　そうなってくれれば、いままでのわれわれの同胞が血を流して戦った価値があったわけなんですよ。そちらのほうについていってしまえば、何のために何十万の男が死んだのかということになってしまう。

匿名座談会　男性作家読むべからず

佐藤愛子×田辺聖子×中山あい子

あい子　匿名座談会って、Aが誰、Bが誰で、Cは？　だなんてことをかなり真剣に考えるのが楽しいわねえ。

愛子　私は、もう引退の気分。本日は退役軍人として出席したようなものなんです。私の好みとしては、匿名でもってゴチャゴチャ言うのはいさぎよくないと思うのね。編集者の匿名座談会なんてのを見るたびに弱者が何をやっとるかッて思ったんだけどねえ……正々堂々といいたいですよ。どうせ一番ひどい発言は、全部佐藤が言ったことになるに決まってんだから。その点、田辺さんなんか得するわよ。

聖子　ちがうのよ。私は今や立場をかえて、怒りのおセイさんよ。

あい子　ホント、悪口いわれる人がかわいそうになるくらいだものね。

○

パンダを入れろ

C　文壇てコトバはいつからあったの？

A　コトバは誰が作ったのか知らないけれど、作家の生活向上というか、原稿料を高くしなけりゃいけないとか、そういうことは菊池寛が言いだしたんじゃない。
B　小島政二郎《まさじろう》先生は、原稿料を確立したのは森鷗外だっておっしゃってたけどね。
C　じゃあ、今でいうなら「文藝家協会」が文壇なわけかな。しかし、文壇三美男をあげるとすると、いろいろ問題があるのよね。
A　それはもう**三浦哲郎**さん。
C　ホラ、でた。(笑)
B　この人は随分三浦さんをかってるのよ。
A　もう絶対ですよ。何か文句を言う人がいたら、私は決闘してもいいわよ。(笑)
C　あの人は、見ただけでも、いわゆる美男だもんね。
A　男らしいわよ。
B　男性的ね。人の意見をよくきくわ。私なんかが喋《しゃべ》るのを最後までちゃんと聞くのよ。
C　やさしいのね。
A　そのやさしさが男のやさしさでね。
C　ただそういうことになってくると、本人を知らなきゃダメね。写真だけでしか知らないというのは、遠くからあおぎ見るといった感じになっちゃうのよね。

B　筒井（康隆）さんは、美男だってことを絶対辞退しないのね。本人が「ウン」ていうんだから、どうしようもないわよ。そういえば私たち三人が野坂昭如さんと一緒に飲んだときも、この話題になりましたよね。

C　五木寛之、渡辺淳一、吉行淳之介、三好徹諸氏の名前がでたかな。

B　そしたら、野坂さんが怒り狂っちゃってね。「何が三好だッ」って（笑）。Aさんが、三浦さんは人格がいいからって三浦さんを支持すると、「人格なんか関係ない」ってガンバッてたね。かなり酔っぱらってたんじゃないの。

C　「パンダを入れろッ」なんて言い出したもの。（笑）

B　誰一人としてついに野坂って言わない。「よし、もういい。わかった」って、グラスを持って後の方へ行っちゃった。とにかく野坂さんは上げりゃあいいのよ。それが、誰も、ワザと上げない。（笑）

C　自分で「大物だァ」て言って、かわいそうよ、あの人。

B　だんだんかわいそうになってきてね、言いたくて、のどまであがってきたんだけど……本人の将来のためにもよくないと思いましてね。（笑）

C　女子大生にモテるって言うから、女子大生でもいろいろあらァな、なんて私は言うし……。

B　愛と聖のブルースを歌って一所懸命われわれにサービスしてたのにねえ。かわいそうに。（笑）
C　だけど、文壇にはブ男っていないわね。
B　文士並びに編集者諸君っていうのは、一応ちゃんと何か持ってるもの。不細工だと思う人は、顔に精神が出ていない人なのよ。
C　やっぱり知的産業をしているから。ただねえ、**澤野久雄**さんは、病的でいや。
B　私も何だか食い合わせが悪そうだわ。

タバコの煙がしみる

A　私は写真うつりのいい男っていうのは、反感持っているのよ。
B　私もそうね。
C　でも、三浦さんなんか写真ヅラいいじゃない。
A　いや、自分じゃそう思ってないでしょう。ところが男の作家には自分でそう思っているのがいるわけですよ。そういうのがイヤなのよ。
C　男はみんな「オレはいい男だ」って思っててんじゃない？　他の人をいいって言うと、怒るなんてのがそうじゃないの。

A　だけどねえ、われわれは自分の変な写真が出ても、ああいう変な写真を出してけしからんとか困るとかいうのは、恥ずかしくて言わないわよ。

C　言えないわよ。私なんか会った人がびっくりするかもしれないけど、もうどんな写真がのってもいいわ。

B　告訴しようかと思うような写真でも、文句いわないよ。

C　ほんとに三日も眠れないっていうようなひどいのもあるわよ。(笑)

A　何か編集者が悪意を持っているのではないかと思うようなものもある。それをわれわれは、胸を押えてガマンしてるんじゃないか。(笑)ところが、男の作家は、平気で文句を言うわけですよ。この写真でなきゃ困るとか言うのがいるのよね。ああいうのはどういうのかなあ。羞《はず》かしくないのかしら。

B　けしからんね。そういうのは、美男からはずそう。

C　それは、自信がなくて、いい角度から撮ったらというところからきてるんじゃないの？

A　だいたい、グラビアの写真やなんかで、けむたそうな顔してるようなのは好かんですね。

C　どういうふうに？

A　眉をちょっと寄せてみたり、目をちょっと細めてみたりタバコの煙が目にしみる……

という風に。

B　その点では、私は池波正太郎さんがいいなあ。あの先生はいつもニコニコして、鳥打帽をかぶったり、着流しのときもあったり、実に融通無礙《ゆうずうむげ》だよ。

A　そう。あの人、ボサボサ頭がいいのよ。だけどこの辺に（額をさして）わざとたらしたのがいるじゃない。

C　一所懸命二枚目ぶってるわけか。（笑）マ、無造作なる人もいるだろうけどね。

B　筒井さんも、撮る角度にはかなりうるさいっていううわさよ。そうなると川上宗薫てのは、文壇三かわい気の一人ね。何となくかわいいね。（笑）

C　いい男ねえ。

A　見なれるといい顔ですよ。（笑）私は意地でも口にしない、と思ってる人が一人いるんだわ。

B　誰？　自他共に許した美男なの？

C　北（杜夫）さん？

A　いや、いや。五木さんよ。

B　あれはしかし、新聞広告風美男ね。

A　でも、グラビアなんかを見たら、ホント、カッコイイし、憎らしくなるもんね。

B　どんな角度から撮ってもサマになる人。

C　でも、あの人いつも憂いをふくんじゃってね。

A　けむっぽい顔をしなけりゃいいんだけど。

C　もっと自信をもってどこからでも来いッていう感じに写させればいいのよ。彼の場合は、何かしらすかしちゃうもんね。

B　やっぱり五木さんはいろいろ考えてそんな顔をしているのかな？

C　考えてる顔よ。あれは。いい男に撮ろうっていうふうに。

A　そうよ。

C　つまり、女より男の方がずっと気どるわけなのよね。構えるというか……。

B　**野坂**さんなんか、顔のスジまでそうだよ。（笑）

C　あれはね、もう中学校の遠足のときから全然変わってない。

A　とにかく、煙草のけむりが立ちのぼったりしてるのは、最悪よ。

B　そうすると、本の広告に出てサマになってるのはみんなAさんのお気にめさないって感じね。

C　そうそう。（笑）

B　出版社もグラビアや広告の写真に入れるとピタッとくるっていう人を選んで売ってる

わけなのね。井上ひさしさんが、ああいう憂愁にみちた顔してもピタッとこないっていうことをよく知ってるでしょ。

A　そうなのよ。井上さんはいい男っていう言い方はできるかもしれないけど、美男ていうと、嫌味になりますよ。

B　かえって井上さんに対して失礼ね。あの人、よくガハハハって笑ってる顔をするけど、あれはいいと思うなあ、井上さんの顔の造作には実にピッタリしてるのよね。しかし、女流作家で憂愁に満ちた表情で本の広告にピタッときまる人ってのもないね。

C　いないよ。

A　何だか浮いてますなあ。（笑）

B　顔文一致っていう女はいないわね。女の作家の写真がでると、買うべき読者も控えるって……。（笑）

A　その点、吉行さんは心憎い美男ぶりだわね。別にけむたい顔もしないし、自然だわよ。そう思わない？

B　そうね。男の人は自然なのがいいのよ。だけど、男の人って不思議でね、最初は何て変な人だろうと思ってても、付きあってみて、人柄がよく男らしいとだんだん美男に見えてくるってことがあるの。それで、その人と別に仲良くならなくても、側へ行ってるだけでうれしいとか、声をかけられただけでうれしいとか、そういうことになるのよね。
C　だけど、そういう人って今の男の人の中にいる？（笑）
B　いると信じたいのよ。（笑）

色気とは何ぞや

A　私、男の色気っていうのはよくわからないんだわ。
C　私も。色気ちゅうのは女のもんかと思ってた。
B　私は容貌魁偉《かいい》の男の人に色気って感じるわ。文壇に容貌魁偉な人っているかな。
C　**松本**（清張）さんていうのは、いい目してるし、いい鼻してるわね。
B　色気っていうには神々しすぎるわ。だけど、あのくちびるは魅力的ですね。
A　頭の形なんて、ホントに脳味噌が一杯つまってるようだもの。（笑）
C　とっても味のある顔ね。やっぱり年齢の関係もあるんじゃないかしら。
A　**井上**（靖）さんは美男だったのよ。
C　でも、あんなに背の小さい方だとは思わなかった。
B　え？　背は高いんじゃない。
C　顔が長いから、写真で見ると、大きく見えるのよ。（笑）

B　私は奥野健男さんがにがてだわ。あの人の書く文章までこまるわ。
A　なんだか私怨があるみたいじゃない。
B　それはないの。あまりにもピント外れの文芸批評ばっかりするから、もうイライラするのよ。特に女流文学に対しては見当外れね。
C　長い間、サラリーマンやってたからじゃないの。
A　エンジニアだったんですよね。
B　そんなの関係ないわよ。でも太宰治論はよかったけどな。
C　最近の渡辺（淳一）さんは太りすぎよ。あの人、確かにやさしいんだけど、やさしさだけというのも優柔不断になる印象を与えるわね。
B　好色そうなたれ目。
A　色気があるっていうのはあいうのじゃない？
C　そう、ある種の女が魅かれるのね。
B　しかし、あれはホステス向きの顔じゃない？　何かそんな感じよ。われわれ堅気で、しかもひねくれた物書きなんていうようなのには、ちょっと方角が違うって感じ。
C　キリッとしてないのよね。
A　むしろ私は野坂さんの方を推すわね。

C　それはもう、絶対そうよ。

B　野坂さん、泣くよ。うれしくって。(笑)

C　あの人は男らしさっていうか、男のやさしさがチラッチラッとでるから。

B　含羞があるのよ、あの人。それがいい。

C　**笹沢左保**さんもお腹がでてきちゃった。

B　あの人は元美男て感じね。何となくかわい気があるわよ。世間知らずのかわいげ。

A　どういうわけか、恥ずかしそうにする人ですね。ああいう図体で恥ずかしそうにしていると、女の母性愛をくすぐるだろうと思うわね。

C　自分からくどいたことはないんだって。いつも女の方からくどいてくるから、その中から選んでるって言ってたわよ。

A　そんなこと自分で言ってはダメですよ。私、**庄野潤三**さんにわりと色気を感じるわ。

B　あの人はいいね。ずんぐりむっくりしてちょっと容貌魁偉組で。実に目がいいと思うわ。「土気離れぬ」って西鶴の言葉があるけど、そんな感じ。

C　顔は澄みきった感じで綺麗よね。

A　会ったことはないけれど、**小川国夫**さんって一番ハンサムじゃない?

B　**辻邦生**さんもそうね。いかにも『背教者ユリアヌス』を書くといった感じ。端整ですよね。

A　あの人は良すぎるのよ。「すぎたるは及ばざるがごとし」ですよ。私は三浦さんの次には**佐野**（洋）さんをあげるわ。いいでしょ。

C　うん。男らしいっていったら佐野さん。

B　足の指で鶴を折るなんていいじゃない。男の余技としては。

C　随分器用なのねえ。

B　手でいろいろ折紙をやったのが遂に足の指に及んだわけ。

A　つまんないことが出来る人なのね。（笑）

B　でも、私はそこがあるから面白いわよ。あんな深刻な顔してて、足の指で折紙なんて楽しいじゃない。**菊村**（到）さんはどう？

A　いつも困ってるような、腹痛をこらえてるような感じねえ。（笑）**結城**（昌治）さんはいい男じゃないかな。

C　美男子よね。それこそ色気があるよ。

A　そうそう。ちょっと病人みたいで。

C　私、ああいうタイプがいいのよ。ずっと前はね、**江崎誠致**《まさのり》さんが好きだった。吉行さん風の、つまり襟足のすごく綺麗な男だったわよ。

Ａ　亡くなった檀（一雄）さんもいい男でしたね。私はまだ無名の頃、新宿のバーで会ったんだけど、水もしたたるいい男って感じがしたわねえ。女にもてるだろうなって思いましたよ。

二枚目は困る

Ｂ　文壇三大声ていうのは、井上光晴、開高健、丸谷才一の御三方だってね。

Ｃ　でも開高さんのは、声が通ってるのね。大きくても気になる声じゃないわよ。むしろ私は丸谷さんの声を聞くと、何かムズムズしてきちゃう。（笑）次の日、ドッと二日酔みたいになるのよね。

Ｂ　疲れる声ってあるのよ。

Ａ　遠藤（周作）さんだって悪声の方じゃない？　あれで歌うたって、レコード吹き込んだりするんだから、なおのことよくないわ。群衆の中のトレンチコートを着た後姿は実にいいんだけどね。彼は後姿の男ですよ、でもレインコートはヨレヨレのでないとダメなのよ。

Ｃ　井上光晴は酔っぱらうと「最高」ってどなる男。人が何と思おうと、誰が喋っていようと、片っぱしから歌を歌うのよ。開高さんはむしろ三デブじゃないの？

Ａ　でも、あの人は伊豆蔵《いずくら》人形（御所人形）みたいで、とてもかわいくて、私は好きよ。
Ｂ　ふっくらしてて、花車なんか曳かせたら、ほんとに似てるよね。（笑）
Ａ　テレビのコマーシャルにでてたでしょ。あの時なんかすごくキマっててよかったわ。
Ｂ　私、**山口瞳**さんはへきえきするの。会ったことはないのよ。だけど、あんまりお年よりでもないくせに、いかにも物わかりのいい横丁の隠居みたいなことをいうじゃない。最初読んだとき年は七〇ぐらいかと思ったら大正末でしょ。あんなにおさまりかえっちゃったらこっちが、どこみてていいかわかんなくなるわ。
Ｃ　**早乙女**（貢）さんはダンディぶってんのよね。
Ｂ　あれは、女流作家にいい点かせげない人ですよ。
Ｃ　真面目な顔をして助平だからいけない。
Ａ　着物をやめた方がいいんじゃないかな。
Ｂ　あれがせめてもの拠り所じゃない。（笑）
Ａ　だからいったのよ。
Ｂ　こうしてみると、意外と好き嫌いが多いなあ。処置にこまるのが**江藤淳**さん。書いてるものしか知らないけど。幕末から明治にかけてのものなんか、よみながら反撥かんじる。あの人の話なんか全然信用できない。

A　あの人、昔、倉橋由美子さんとやり合ったけど、彼女、彼は宿屋の番頭ヅラだっていったのね。

B　私はそこに倉橋さんの才能を感じたな。あの男はね、庶民が見えない。底辺のことは全然わかってないのに、日本をリードするツラをしてるから困っちゃうの。こんな偏向したのに日本をリードされちゃ、大変だわ。それから、**石原慎太郎**は、政治家になって男って感じがしなくなった。

C　政治家でいい顔してるの少ないわよ。

A　私はテレビに大平（正芳）さんと福田（赳夫）さんの顔が二つ出てくると、ホント、何かギョッとするのね。それで、人間は猿から進化したものじゃなしに犬から進化したものもいるって、あの二つが並ぶといつも思うんだ。（笑）

B　**柴田**（錬三郎）さんはいかにも時代小説家臭があるのね。あの人は服着るの？

C　すごいおしゃれよ。今度は長島茂雄と並んで、ベスト・ドレッサーのナンバー・ワンみたいよ。

A　これは聞いた話だけど、瀬戸内（晴美、現・寂聴）さんと柴田さんと新潟へ講演に行ったんだって。講演の終わったあと、先生方はこっちの道からいらして下さいっていわれた道がものすごい道でね、おまけにすごい雪だから、崖の上をかけ登ってはヒラリと雪の中に飛びおり、とんでもない所をよじ登ったりいろいろさせられたらしいの。どんな顔をしてやってたかと思うとおかしくてね。だんだん怒りはじめて、やっと旅館についたとたん、ものすごい声で怒鳴ったって。

B　柴田さんてすぐ怒鳴るのよ。私、怒鳴る男の人ってどうもダメなのよ。あの人、自分の書く時代小説と混同してるのとちがう。男らしいっていうのはそういうことじゃないのよ。

A　別の所へ私が講演に行くとね、「この前にある男性作家が講演に来て、何かものすごいブーツをはいて、カッカッカッと歩いたんだけど、道が寒さで凍ってたもんですべってひっくり返りまして、先生大丈夫ですかッと訊けば、ムムッと立ちあがったときはどうしていいかわかりませんでした」というの。（笑）その作家の名前は忘れたけれども、柴田さんじゃなかったかと思う。これはゼヒとも柴田さんであってほしい。柴田さん以外ではこの話は面白くなくなる。柴田さんのあの顔で、やってたかと思うと、うれしくおかしいのよ。

C　かわいそうに。（笑）

A　ああいう顔はしてるけど、あれで苦労してるんですよ、宗薫がころんだってちっともおかしくないものね。柴田さんでなくちゃ……。

B　やっぱり宗薫のようにころぼうが何しようがおかしくないのが男だわ。何をさせてもコッケイでない男が私は好きね。

C　二枚目は困るのね。変なことできない。

A　五味康祐はいいね。

B　かわいいわね。

C　やさしいよねえ。

B　いかにも好色そうにニタッと笑う、あの馬ヅラがいいのよ。

作家は女の仕事である

A　大体ね、男の作家は女流作家に対して偏見をもってんのよ。女流作家の前で他の女流作家の悪口をいえば喜ぶと思いこんでいる。あれはカタハラいたいわね。(笑)

C　ホント。こっちがノっていくかと思ってるのねえ。

A　そうよ。その手は桑名の焼き蛤よ。

C　女流作家を恐がるねえ。

A　その気持、いささか私はわかりますけどね。(笑) でも男の物書きっていうのは、気の小さいのが多いのね。

B　私、男の人で含羞もなしによく小説書いてると思うなあ。酒でも飲まなきゃ小説書けないのとちがうかしら。ほんといったら、私男で小説書いてるのわからないんだ。大の男が小説書いてくことないじゃないの。（笑）

C　賛成。女っぽい人が書いてるのよね。嫉妬とかいうものも男の物書きの方にあるような気がするもの。

B　だから、男の人の前で他の人の作品をほめると大変よ。目の色が変わるもん。

C　女流作家も大変だって話をきいたけど、われわれそんなことないもんね。

A　でも、純文学をなさってる女の方っていうのはわからない。

B　中間小説を書いてる女の人っていうのは他の女流作家のファンになってるから平気よ。私はあの人の作品好きよっていう人が多いよ。女同士でも、ほんとにいいものはいいって言うわねえ。

C　人がいいもの書いたって、別に腹立たないもんね。それに中間小説は批評がないからいいのかなあ。

B　評論が決定的でないからね。しかし、男の作家同士も評論家同士もよく喧嘩するねえ。

C　みなさんのは小説って感じじゃなくて、文学って感じだからね。

B　そんなカタイことといったって……。ほんとは好きでやってるんだからね、それに大きな意味をつけるっていうのもおかしいな。誰も面白がって書いてるのじゃない。

C　それは中間小説の発想よ。

B　男の人は金儲けに書いているのかな。早く書きあげてあの女に会いに行こうと思って書いてるのかな。それとも、女とナニするよりも、小説書く方が楽しいと思って書いてるのかなあ。

A　いや、書くことが楽しくて書いてる人ってのはあまりいないんじゃない。

C　中間小説でも、純文学でもそうでしょ。

A　嫌でたまらんてよく聞くわよ。有吉（佐和子）さんが書くのが楽しくてしょうがない、書きたいものが次々と雲の如くわいてくるっていう話とか、瀬戸内さんも修行してるとき書きたくって泣いたっていう話を、男はわからないっていう人多いのよ。もっとも私もわからないけど。

C　やっぱり物書きっていうのは女に合ってるのよ。女がやってればいいのよ。

B　それに雑誌の掲載順序にまで気をつかってるのね。編集者の話になるけれども、『面白半分』で「佐藤愛子と田辺聖子」の増刊号を作ったとき、どっちの名前を先にのせるか随分編集部は悩んだらしく、目次なんかみると交互に出してる。苦労がにじみでてましたよ。

Ａ　つまりそれが男がいかに小さいかっていうことになるわけですよ。（笑）

Ｂ　実際にそれでひどい目にあった人がいたのかもしれないけど、少なくとも中間小説を書く人でそういう目くじらたてる女の人は知らないわね。

Ａ　それは編集者自身のケツの穴が小さいためにそうなったのか、あるいは女性作家というものはうるさいよといった先入観をもっていたためか、どちらかはわからない。あの人たちは、自分で作った女流作家の影法師に怯えているか、楽しんでいるか。男が思ってるほど、われわれはつまらなくはないですよ。

Ｃ　そんなことを言って、自分を下げたくないみたいなものがあるわよ。誰も先にそんな口火をきらないわよ。

Ｂ　一匹狼のプライドみたいなものは、男以上にものすごく持ってると思うわね。そしてお互いに尊敬し合っているというか、認め合ってるというか……。

Ｃ　それがプライドだと思うのよね。まあ、男の作家がいろいろ人のことを言ったりなんかするっていうのは遊びで言ってるんでしょうけども。だから、女たちには遊びにできない狭さがあるっていわれれば、それっきりのもんだけどもね。

Ｂ　早く帰った人の悪口を言って楽しもうというのは、男の大人の遊びかもしれないわね。女のほうはどうしてもマジメすぎるから。

C　そうなのよ。だから、それを聞いた方が別に湯気たてて怒るわけでもないし、アハハってことで済んでいってるのかもしれないのよね。けれども、女は一旦口火を切ってそんなことになったらむずかしいよ。これ、遊びにならないもの。

B　私たち三人なら遊びですませても、特に純文学の女の人はむずかしいんじゃないの。

A　だけど男が思ってるほど小さなことにこだわっておらんということです。

B　女流作家はこういうものであるという神話が男の作家にはあるのよね。結局、われわれにとって、やさしくて女に偏見をもたない人が一番いいんじゃないかしら。

鼎談　愛と聖のはざまで

佐藤愛子×田辺聖子×野坂昭如

阪神育ちのせいか、喋りやすいわね、佐藤さんとわたし

野坂　いつ頃から、お二人は、お知り合いになったんですか？

佐藤　いつかしらねぇ？　ちょっと思いだせないわねぇ。

田辺　テレビの「巨泉まとめて百万円」、じゃない？。

佐藤　あっ、そ、そう。カモカのおっちゃんと出てはった。（笑）

野坂　そんなに古くはないわけですね。

佐藤　そうですよ。えーと、四年くらい前じゃない。

野坂　お生まれはお二人とも関西だけども、佐藤さんの方はずっとあちこちで、東京の方だったから。

佐藤　関西は二十歳までですからね、そのあとは――。

田辺　阪神育ちのせいか、喋りやすいね、佐藤さんとは、わたし。

佐藤　うーん。喋りやすいわねぇ。

野坂　でも、阪神間と大阪の下町じゃ、ちょっと違うでしょ。

田辺　ちょっと違いますけどね、わたしね、小学校五、六年頃に一年半ほど、弟のからだが弱くて武庫《むこ》川に保養に行ってたの。それに宝塚よく行ったでしょう、わたしたち女学生は。それで、あの辺に馴染があるから、よく知ってるのね、あの辺の空気を。

佐藤　あの、生粋の大阪弁というのは、私はほとんど知らないのよ。田辺さんの小説を読んでて、なーるほど、こういう言葉は聞いたことあるなあ、と思いだすけれど。

田辺　ほんとの大阪弁と思わなくって、なんとなく書いてたんですけどね。それは、わたしのは、（藤本）義一ちゃんの大阪弁とは違うということ。

野坂　また　うるさいんですよね、船場《せんば》の大阪弁とかね。

田辺　そうなるとうるさいんだけど、大体ね、大阪の西の北でしょ、福島って。そうすると、阪神間とそのまま一直線につながるから、言語圏は同じじゃないかしら。

野坂　お二方の、『坊主の花かんざし』と『女の長風呂』から『イブのおくれ毛』にいたるエッセイというのは、いままでにないんですよね。女性ってのは、あのての文章はものすごく下手だったわけだけど、ちょっとこう、突き放して書くっていうね、男っぽい、雑文みたいなのでは初めてだとおもうんです。週刊誌の雑文ていう意味でいうと……。これは双璧ですね。それぞれに面白いですよね。『坊主の花かんざし』を読んでると、こっちもなるほど、気をつけなきゃいけないな、という気もするしね。（笑）

田辺　あれはおかしいね。
野坂　田辺さんの方は、なんというか、夫婦連合って感じでねぇ。
佐藤　話術の妙というか、なんか文章の神様が出てきたような感じ。
田辺　いやー、そんな、まだ若いのに。（笑）
野坂　カモカのおっちゃんを設定したっていうのはいいと思うし、朝から晩まで取材してるみたいな……。（笑）
佐藤　そう、あれはうまいですよ、ほんと。
田辺　あれは、わたしが書きたいことを書くための隠れミノって感じでね。
佐藤　うん。でも、あれ考えついたっていうのは、やっぱりね。
田辺　便利ね、ああいうのがいると。（笑）
野坂　そこへいくと、佐藤さんは孤軍奮闘でね。
佐藤　孤軍奮闘ですよ、ホントに。（笑）
田辺　そのせいかどうか、佐藤さんをみてると痛々しいのね。いつみても、胆嚢《たんのう》が悪いの、どこが悪いのってね、五キロ痩せたの、糸瓜《へちま》の、というでしょ。なんとなく、受難の人っていう感じよ、あなたは。（笑）
佐藤　次から次、問題おきるのよ。ほんとに。一昨日、女学校時代の友だちに用があって電話したの。三十一日の夜中に即席ラーメン食べたために、あれは胆嚢に悪かったのよ。で、六時間激痛とたたかったという話をしてね、もうロクなことないわっていったらね、「あんた、悪いことばかりしてるからそんな目に合うねん」っていきなり言うわけよ。怒り狂ってね、わたしは。だから女とは付合えん、というて怒って。

野坂　どうしてそんなにすぐ怒るんですか。

佐藤　腹立たないですか。

野坂　ぼくは全然。そんなこと言われても、ちっとも腹立たないけれども。（笑）

佐藤　だって、人が六時間もですゾ！　激痛で悶《もだ》えて、お医者さん来てくれないし、三が日は……。

野坂　生きてるわけでしょ。

佐藤　生きてるけど、それに対して労《いたわ》りがなきゃいかんですよ、わたしみたいに孤軍奮闘している人には。

野坂　なんと言えばいいんですか？

佐藤　「それは大変だったね」とか……。

野坂　そう言えばいいんですか。（笑）

佐藤　そう！（笑）びっくりしなきゃイカン、「へぇー、六時間も！」というかね。ほんとは驚かなくても、驚いて見せなきゃいけないと思うんですよ、わたし。それを、「悪いことしてるからそんな目に合うねん」とはなんですか！（ト、腹立たしそうに）

田辺　佐藤さんに会うと、いつも悲劇的な状況ばかりみるから、いやー、大変だな、と驚くと同時に、可笑《おか》しくなるの、（笑）なんだか悪いけどね。どうしてこの人、一人で『愛染かつら』の高石かつ枝みたいになるのかなぁ、なんて。

野坂　佐藤さんは、遠藤（周作）さんじゃないけど、むかし女学生のセーラー服を着てた頃は美人だったと思いますよ、うん。阪急電車じゃどうってことないけどね、阪神電車じゃー、これは美人だったたと思うんです。（笑）

佐藤　なるほど、それは分ります。（笑）

田辺　それはピカ一よ、ほんとに。

野坂　だから、そういう視線でもって見られてる方というのはね、一種そういった感じっていうのがあるんですよね。たとえば、「佐藤さん、それは更年期障害でしょ」なんて言ったら怒られるわけですか。

佐藤　いや、それは事実かもしれないからね。

野坂　すると、更年期障害は一歩引き下がって、向うだって、「それはあんた、悪いことしてるからだよ」って言うのは、ごく当り前に言うことじゃないですか。それに、ふだんは佐藤さん、非常に男っぽいわけでしょ。男っぽいから、そのつもりでいくと、とたんに女的発想でやられるから、みんなびっくりしちゃうわけですよ。そりゃあ。

佐藤　そう。(笑) 女になったり男になったりするわけですよ。われながらピッタリすることもあるけど。

野坂　だから、お嬢さんとの話をときどき書いていらっしゃるときに、ぼくは可笑しくって可笑しくって、しょうがないんですけどね。

佐藤　なんで、なんで？(笑)

野坂　お嬢さんはビックリしてると思うのね。(笑) でも、あれは、いいわけ。つまり、父親と母親と二人の役をやっているからね。

佐藤　そうです。そうです。それをわたしはちゃんと考えてやってんですよ。

野坂　娘さんに対しては考えてるけど、それを他の方まで及ばされると困っちゃうわけです。(笑)

田辺さんがそうですよ。カモカのおっちゃんとね、実際の亭主をごちゃまぜにして飲み屋へもってこられると困るわけですよ、あれ。カモカのおっちゃんと田辺さんの〽春のうららの隅田川——の合唱を聞いたら、大抵の人間は二、三日、こう、「なに、ビアフラで人が飢えてる、いいじゃないか」なんてえ感じになるからね。(笑)

だけど、カモカのおっちゃんていうのは人物ですね。

佐藤　そうおもいますね。しあわせな人ですよ、田辺さんは。ほーんとに。

野坂　いや、それは名前がいいんですよ。

佐藤　聖子ね。

どんなボンクラでも亭主がいた方がええと、思ったわね

佐藤　激痛で苦しんだときは、子供と二人でしょ。お手伝いはいるけど、働く時間の外は働いてもらえないし。明け方の三時、四時ってのは、ものすごく痛かったの。

その時には、さすがにどんなぼんくらでもいいから、亭主いた方がええ、とおもったわね。お医者さんでしょ、お宅、カモカのおっちゃんは。ほんとに理想的で、今となっては病気のときだけだもの、亭主必要と思うのは。

野坂　それはかなり男性的な発想ですね。つまり、男が女と結婚するときにコロッと来ちゃうのは、おれはあんな野郎どうってことないとおもっている時に、下宿で一人風邪ひいて寝てる、そこに女性が来て、ちょっとこうなんかやる。フッと結婚にいっちゃうってこと、よくあるんですけどもね。やっぱり、生活力があり過ぎるんじゃないでしょうか。あるいは、今まで比較的生活力のなさ過ぎる男性の中にいたから。(笑)

佐藤　そう、そう、それ。（笑）
野坂　どうですか、もう結婚はなさらないんですか。
佐藤　それでね、どんなぼんくらでも亭主いた方がいいっていう、「年頭所感」を発表したわけです。そうすっと、わたしの友だちのご亭主のいる連中がみんな声をそろえて、「亭主いたって、そんな看病する亭主がいるかいな」っていうのよ。
野坂　ぼくはしますよ。
田辺　あら、そうかしら、そんなことないわよ。
佐藤　ないでしょ。
野坂　ぼくは、あのー、幼くして母を亡くしたもんで、わりに親孝行したいという気があるんですよ。（笑）
佐藤　なんですか。（笑）なんか、嫌な気分だね。（笑）
野坂　お腹の痛さなんてね、それは単なる食べ過ぎでしょ。
佐藤　胆嚢炎なんです。
野坂　あっ、胆嚢炎は痛いですね。
佐藤　痛いですよ。それ六時間苦しんで、吐くのね、御不浄なんか汚れちゃった。それでも、お手伝いにそんなの掃除させるの可哀想だから、痛いのを抱えて自分で掃除するでしょ。そんなおもいして、それで「悪いことしてるからや」と言われると、わたしは……。

田辺 それはそうね。だけどね、そういう発想はね、女友だちだけじゃなくって、おふくろが一番よく言うわね。おふくろって、そんなん言う人種よ。どうしてだか。父親は、わたし早くに死んだから分らないけど、母って言うわよ、よくそんなこと。（笑）

佐藤 非常に鈍重な感じがあるのよ、その言葉の中に。

田辺 非常に冷酷なの。

佐藤 ねぇ。

野坂 電話というものを、そんなに信用しちゃだめですよ。（ト、あくまでも客観的に）もしも、傍で佐藤さんが七転八倒しながらね、反吐を出してたら、「あんた、それはなあ、悪いことばかりしとるからや」と、これは言わないですよ。ところが、電話というのはね、これは分らないもの。

佐藤 分んない、それは確かにね。（笑）

野坂 そしたら、そこのところはやっぱり斟酌《しんしゃく》してね、そうすぐにパッと怒らないで。

佐藤 だから、お医者さんに懸ってたの。ゴム管を飲んで十二指腸へ入れる、あの検査三回やってね。それが入んないんですよ。

野坂 それは、ナルシズムが強過ぎるからですよ。

佐藤　なんでナルシズムと関係あるんですか。（笑）
野坂　ナルシズムってね、結局、自分自身ゴムを飲むなんて、そんな無恰好なことしたくないという人間は、かならず閉じちゃうんです。
佐藤　いや、入ることは入るんだけどね、胃の中でまるまっちゃうの。
野坂　だから、胃がストマック・ナルシズムになってね。（笑）
佐藤　（笑）それで看護婦、怒るしね。でも怒ったって入んないものは入んないでしょ。怒り返したいけど、管が口の中に入っているから、さすがのわたしも喚《わめ》くわけにはいかないんで。（笑）
野坂　なるほど。佐藤さんはおかしいよ。やっぱりおかしい人間が書くから、あんな面白いものができるんです。『坊主の花かんざし』を読んでると、そうかあ、とおもってね、一日行ないをチョット正してみたりしますからね。同じように文章の妙でいったら、あすこら辺の語尾の使い方なんていうのは非常にうまくて、参考になりますね。
佐藤　そうですか。
野坂　ええ。どっちかっていったら、ぼくは難しいと思うな、『坊主の花かんざし』の方が。
田辺　難しいわねぇ。あの文章、ものすごく面白いのよ。
佐藤　そうかしら、いつもヤケクソで書いているから。

田辺　締切りに追われて。
佐藤　そう。ぎりぎりにならないと、この頃書けなくなってきてね。
野坂　なんていっても、田辺さんは二人だからね。カモカのおっちゃんという、類まれなる個性が出てくるから。(笑)
佐藤　田辺さんは惚れこんじゃってるわね、カモカのおっちゃんに。
野坂　それはチョット分んないな。(笑)
佐藤　そーお？　わたしは、おっちゃんの発想に影響をうけてるところがあるんじゃないかなあ、と思ったことあるのよ。いつだったか、神戸のオリエンタル・ホテルで飲んだときに、「文学、文学いうたって、なにもそんな、あんた大したことないやないの、後世に残る作品いうたって、そんなもん」って、田辺さんは、えらいクソ味噌に言ったことあるの。わたしはまだ女学生気分みたいなの残っててね、文学を志した以上は、一生に一つぐらいよきものを残したい、なんて今でも考えてる。田辺さんにそれ言われて、わたしは愕然としてね、なんたる大人、とおもったわけですよ、その時。そういうのは、カモカのおっちゃんから出てる発想じゃないかなあ、とおもったわけなの。
田辺　うーん。おっちゃんも、いつもそうは言うけれどね。向うは、やはり嫁はんが仕事に追われていると困るとおもって。(笑)

野坂　なんたって、向うは実業をやっているわけで、女房のほうは虚業をやってるわけですから、虚業家が実際には、実業家として自分に仕えてくんなきゃ困っちゃうわけだ。
田辺　だけど、わたしは昔からそんな気はあったたね。そんな、後で名前残ったたって、死んでんねんやから、どうしょうもないではないか、という気は……。（笑）
佐藤　うん。名前が残るなんて、わたしも考えないけど、一つぐらいは……。まあ、わたしの尊敬している何人かの作家とか、そういう人に褒めてもらえるようなものを書きたい、とずっと思っているのですよ。
野坂　なんか、わたしはなんにも言うことなしで。（ト、独りつぶやく）
田辺　あんまりみんなが「うーん」とうなってくれたら、恥しくてどっち向いてたらいいか分んない。（笑）クソ味噌にやっつけられるとか、そういう風なのは気は楽ね。
佐藤　わたしが滑稽になって、田辺さんが滑稽にならないのは、そこなんじゃないですかね。やっぱり、わたしはムキになるから。
野坂　ムキというけどね、あれはムキムキというか、たんなるムキなんていうもんじゃないですよ。（笑）ナルシズムが強いとおもうね、佐藤さんは。
佐藤　まあ、そうかもしれないわね。
野坂　それがとってもいい方向に出てるもんだから、雑文で、あんな風な雑文が書ける人っていないと思うね。つまり、まったく論理的じゃないわけですよ。

佐藤　わたし、論理的に書いてるつもりだけど。（笑）

野坂　論理的に雑文書かれたら、あんな面白くないものはないですね。たとえば、江藤淳が雑文書いたってちっとも面白くないし、該博な知識を持った方がお書きになる雑文は、読ませるけれどもあまり魅力はない。また、文章力を持った人が文章の力でやっていくというのも、面白いけれどもあんまり後に残らない。だけど、非論理的で、たとえば皮膚感覚的にワァーとやっちゃう人のは、変に言葉が残っちゃうんです。一行ぐらいひょいっとこう。雑文ってのは、結局……。小説もそうでしょうけど。

『週刊読売』を読むと、一番初めにあすこをこう見るわけですね。

佐藤　そうですか、それは光栄です。（笑）

野坂　『イブのおくれ毛』もそうなんですよ。パッとそこ、まず見るわけ。

田辺　女流作家でね、痛々しくって、かばいたくなるような人ってあんまりいないじゃない。佐藤さん、そんな感じするね。

佐藤　それを言ってくれるの、あなただけですよ。

田辺　わたしだってあまり力ないけれど、なんか見てたら痛々しくってね。こんど胆嚢炎だったら、電話掛けてね、行ってあげるから。お便所の掃除ぐらいしてあげるわ。（笑）

野坂　ぼくは割に便所掃除うまいんですよ。今度、胆嚢炎で反吐はいたら、すぐ僕の家へ電話掛けてください。

だけど、あれは敷きやすい男ですね、お尻に

田辺　佐藤さん、女にも怒るでしょ、男だけじゃないでしょ。

佐藤　そうね。だけど、どういうわけか、ゴカイされてしまって、わりと男をいじめる女として認識されているわけですよ、世間では。ほんとのわたしは、男には、思いやりを普通の女の人に較べてたくさん持ってる優しい人間のつもりなんだけど、世間じゃあ、田辺聖子さんばっかりがもの分りのいい優しい人でね、わたしは鬼か蛇かみたいな風になってるの。これはけしからんと思うんです。

野坂　かなりいろいろだと思うよ、俺は。僕は確かに、昔は分りませんけども、佐藤愛子さんというのは、同じ屋根の下に住んでしまうと優しいんじゃないかとおもうんですが。

佐藤　優しいですよ。

野坂　田辺さんはかなり辛辣になるんじゃないかな。カモカのおっちゃんと「ほな歌うか」って言いながら、田辺さんが細い糸を繰るような、か細い声で、〽春のうららの隅田川――って歌うんですよ。カモカのおっちゃんが、またあちらの方はみんな声がいいですよ、奄美大島の人は。全然声がいいから、ぼくらなんか歌えないわけですね。
田辺　暴力的な声でね。（笑）
野坂　あれは、こうやってみてると、カモカのおっちゃんが全部やっててもね、田辺さんが全部取り仕切ってるという感じがします。「ほんまは家へ来てもらいたいんやけど、いまは台所に大工がはいってるよってに、来られませんねん」とか言ってるの見てね、これはやっぱり田辺聖子の家庭であるという気がしますね。
田辺　そんなことないですよ。だけど、あれは敷きやすい男ですね、お尻に。
佐藤　敷いてんの？
田辺　向うはそう思ってないけど、そうかもしれへん。
野坂　あれは敷いてますよ、あんた。
佐藤　敷いてんですか。
田辺　だけど、わたしだって、ちゃんと言うようにしてるもん。お正月の用意も、ちゃんとつくるんですよ。
佐藤　だって、お昼ご飯は必ずいっしょなんでしょ、晩もいっしょでしょ。
野坂　ベッドもご一緒だしね。
田辺　ウチはベッドと違うもん。（笑）

佐藤　それは、相当仕えている、って感じがわたしなんかはするワ。

田辺　だから、仕事は後まわしになるね、悪いけど。仕事よかいっしょにご飯食べるということがさきになるね。

佐藤　そういうことできるっていうのが不思議なの、わたしは。それでなんかね、非常に困難なことを、こともなげにさらさら、さらさらってやってのけるんでしょ、彼女は。子供さんのことなんかあるでしょ。

田辺　健康っていうこともあるけれどね。

佐藤　わたしがあなたの立場だったら、愚痴はこぼすやら、ワァーワァー騒ぎたてるやら。

田辺　まずわたしの生活だと、一番初めにいっしょにいることよね。仕事はやっぱり二の次になるの。だから、もう一回書き直したらいいなあ、と思うけど、晩ご飯の時間が来たら、しょうがないからパッと出してしまう。

佐藤　だけど、あれだけの量を書いて……。

田辺　量として、そんなんでもないの。あちこちに名前だけが載ってる、そんな感じ。

佐藤　いやー、すごいわ。わたしなんか、あんな量書いたことないもん。

田辺　そうでもないですよ。

佐藤　こともなげにね、楽々といろんなことをやってのけて、いつもにこにこして、いい声で歌うたってね、ほんとににくたらしいというか、偉いというかね。
野坂　やっぱり柔らかいんですよ。
佐藤　柔軟なんですね。
野坂　頭の切り換えが、はいはいといくわけですよ。また、カモカのおっちゃんのうまいところもあるだろうと思うけどね。
佐藤　ほんとに力のある人だと思いますね。
野坂　佐藤愛子さんはチョット堅過ぎるんですよ。
佐藤　そうねえ。なんでこんなになったのかなあ。この間ね、子供の親知らずが、歯茎の中で横向きに生えちゃった。それが表へ出ないで、歯茎の中でこっちの歯を押してるわけですよ。それで一ト月ぐらい口が開かなくて、悶着おこして、わたしはもう見てて口開かないというのが堪えられないんですよ。食べ物は少しずつ食べてるわけだけど、そうすると、それが今度、私が胆嚢が痛くなるでしょ。胆嚢痛いのに原稿書かなきゃならない、なんで親知らずが横向きに生えるかと……。（笑）普通はまっすぐに外に生えるのに、家の娘に限って、わが家に限って横向きに生えるというような、変なことが起きるわけですよ。親知らず一つに限ってもまともにいかないの。そうすると、カーッとなってくるんですよね。そういうの、田辺さんだったらスラスラね。

モンローが死《し》んだ日《ひ》

新潮文庫　こ－25－17

平成三十年十一月一日発行

著者　小《こ》池《いけ》真《ま》理《り》子《こ》

発行者　佐藤隆信

発行所　株式会社　新潮社

郵便番号　一六二―八七一一
東京都新宿区矢来町七一
電話　編集部(〇三)三二六六―五四四〇
　　　読者係(〇三)三二六六―五一一一
http://www.shinchosha.co.jp

価格はカバーに表示してあります。

乱丁・落丁本は、ご面倒ですが小社読者係宛ご送付ください。送料小社負担にてお取替えいたします。

印刷・株式会社光邦　製本・加藤製本株式会社

ISBN978-4-10-144028-6 C0193

田辺　それはね、お嬢様がお一人しかいらっしゃらないからよ。ウチね、上の息子がごちゃごちゃしたり、下の息子が学生運動したり、娘の入学試験がどうの、マンションは引越しするとか、そんな中で、家政婦さんが「奥さん、今晩なににしましょう」って来るでしょう。（笑）そこへ母からジャンジャン電話掛かって、マンションのあっちの部屋がどうのこうのって、もうどうしようかと思うわ、そんなとき。あんまりたくさんいっぺんにきすぎたら、どっか一点で真空状態になってしもうて、もうなんぼしたかてわたし一人で考えたってしょうないねんし、とおもうわね。家は人数が多かったから、おばあちゃんの一周忌だなんだと、おじさんやおばさんが来たり、主人の妹がごちゃごちゃして、小姑が文句言うたりなんかしても、もうそこまで面倒見きれませんというので、晩になったらお酒飲んで寝てしまうの。それがあるからよねぇ、しょうがないから、みんな忘れるねん。晩になったら、おっちゃんと二人で酒飲んで寝てしまう。うん。だから、ものすごい大変なときでも、夜になったらお酒飲んで歌うたってる、家の台所で。

佐藤　それができるのね。

田辺　ぐっすり寝てしまうし、朝起きたら、また仕事の電話じゃんじゃん掛かるから、忘れてしまうの。

佐藤　わたしがあなたを大人物だと思っていたのは、お酒の力であるということね。

野坂　カモカのおっちゃんですよ。
佐藤　カモカのおっちゃん、うん、そうねぇ。
田辺　ちがう、晩酌よ。（笑）お酒飲まないと、寝られなかったと思うわ。
佐藤　そうねぇ。
田辺　おっちゃんが歌うたってね、わたしが手拍子たたいたって、野坂さんは怒るのね。（笑）いたく怒り狂うわけ。
野坂　なんか、あれは、淫蕩《いんとう》っていうかね、見たくもない性生活を見せられたっていう感じだもんね。（笑）
田辺さんがカモカのおっちゃん以外の人と結婚してたら、或《あ》る意味で、田辺さんの中にも当然あるだろうスクエアなところが、ズウと出て来ちゃってね、しゃあないやんか、って思って、あと酒飲んで、原稿が出来へんかったら出来へんで、別に世の中どうなるわけでもないし、という風な感じでいくような風にはならなかったとおもうのです。
田辺　それはねぇ、わたしいつもそうおもうの、きっと犬養道子さん風になってたわね。この間、『言うたらなんやけど』という随筆集だしたら、筑摩書房の人が「昔からの随筆も全部入れましょう」って、並べてみると全然違ってましたからね、十年ぐらい前の文体というのは。すごく緊張してギンギンしてるわけ。チョット触ったら、破裂しそうな風船みたいな文章を書いてるの。

だって、楽しく遊べるような男がおらんですよ

野坂　佐藤さんの怒りは、たとえば自分でああいう風に繰り返してらっしゃる場合に、一種のマンネリズムというか、芸というか、そういうものになっていいだろうと思うのに、『坊主の花かんざし』では生々しいですねぇ。

佐藤　いやー、今になってもそんなに怒ってるかなあ？　この頃、怒ってないつもりなんですよ。

野坂　ぼくなんかは、まだ怒ってるって気がしますね。

田辺　それはあるわね。

佐藤　怒ってる？　そうかなあ。（笑）　わたしは自分でも、この頃エネルギーなくなって、本当に怒らなくなったと思ってたんだけど。

野坂　あれを文章に書くというのは、客観視してるわけだから、大変男っぽいことは確かなんですよね。お二方とも、ぼくは男っぽいと思いますよ。田辺さんも、結婚生活についてはある程度のパターンを踏襲してるだけの話で、ぼくはこっち側で見てると思うね。でなきゃ、あんな雑文書けないですよ。

雑文っていうのは、こっち側にチョット引かなきゃ書けないいんじゃないかとぼくは思ってるんですけどね。自分の考えてることが全部正しいと思って書いてると、その雑文たるや、ものすごくツマらない。それが今までの女性作家にはできなかったんですね。『女の長風呂』を最初に読んで、ぼくはビックリしたもの、アレーとおもって。今度、それと正反対という感じでもって、『坊主の花かんざし』が出てきて、またこうやって見ててね、アレーとおもった。女性の雑文が、週刊誌の大きなところ二つ占めてるという時代は、今までになかったとおもいますよ。あの手のものは、すべて男がやってたんですから、見開き二ページの雑文っていうのは。女性は評論はできるかも分んない、小説も書けるかも分んない。だけど雑文ができるというのは、かなり客観視してるってことで、そういう意味で言ったら、ぼくは田辺さんも随分客観視して、自分の夫婦生活を見てると思うね。

田辺　そう言えば、いわゆる夫婦じゃないね。男同士みたいな感じになるわね。普段でもそうなのよ、（笑）だいたい。戦友というと嫌な感じになるけどねぇ、うちのヤツね、ややこしくなるけど、（笑）非常に可哀想なの、いろいろ苦労して。そういうのがあるから、亭主っていう気は全然しない。

野坂　子供っぽいもんね。

田辺　亭主じゃないねぇ、同級生の感じやねぇ。

野坂　できの悪い同級生だ。（笑）
田辺　優等生が、気の毒だからいつも引っぱっていってやってるという感じの……。（笑）
佐藤　遠藤（周作）さんがよく言うんだけど、わたしは亭主運、悪いってね、みんな言うけど、亭主運が悪いんじゃなくて、いっしょになった亭主の運を悪くする。
田辺　男の人ってそういう発想をするわよねえ、それじゃないですよ。
野坂　ぼくは、佐藤さんは美貌すぎたからいけないと思うのよ。このお歳でもって、これだけの美貌って少ないもんね。
佐藤　いけないって、なんでいけないんですか、モシそうだとして。（笑）
野坂　美し過ぎるというのはね、「美しからざれば、悲しからんに」とかなんとかってありましたね、吉屋信子でしたっけ。そういう感じじゃないかと思うね、ぼくは。吉屋信子の主人公は、少女で死んだからよかったんですよ。それが五十ぐらいまで来ちゃったからまずいんです。（笑）
田辺　五十でこれだけの美人って……。
野坂　チョットめずらしい。
田辺　美人薄命というから。（笑）
野坂　ほんとは薄命でいいのに、美人長命になっちゃったから。（笑）

田辺　そういう感じがあるからねぇ、わたしも佐藤さんを見ると、とにかくいたわしくて、肩を抱いてあげたくなるわけね。（笑）

佐藤　田辺さん、わたしより五つ下なのね。だけど、年上の気分になってんですよ。

田辺　女の人に向ってては、そうなる感じがあるの。

佐藤　わたしもねぇ、なんとなしに田辺さんの方がわたしより上みたいにいつも思っちゃうの。——私は自分でも、こう肩に力が入ってるという気持がいつもあるの。抜かなきゃいかん、抜かなきゃいかんと、力が入ってると思ってるわけ。

野坂　さっきからおもうんだけど、普通なら抜かなきゃいけないというところ、いかんとおっしゃいますね。あれは何弁なんですか？

佐藤　大阪弁ですよ。

野坂　そこで大阪弁がでてくるわけ、抜かなきゃいかんと。

佐藤　いかぬ、ね。抜かなきゃいかぬ。そこに決意が籠っているわけです。

野坂　決意がねぇ。そういう風にこじつけるのはいけないですよ。（笑）

　もっと男とねぇ、楽しく遊んだほうがいいですよ。

佐藤　だって、楽しく遊べるような男がおらんですよ。

野坂　ほら、またおらんですよとなるでしょうが。

佐藤　これ強め。（笑）
野坂　さっきから聞いててね、おらんですよというのは、これは関西弁じゃないですね。これはつまり、兵隊語でしょ。
佐藤　いやー、これはわたしがつくった言葉ですよ。つねに強めたり意志をふるったりしてるうちに、自ら佐藤愛子の言葉というのができてきているんですよ。
野坂　佐藤方言とか……。
佐藤　そう、そう。（笑）
野坂　そういうことは、なにも強めることないんで……。
佐藤　でも、強めたければ強めたっていいじゃあないですか。
野坂　それは、まあ自由ですけど。方言というのは、佐藤さんだけにしか通用しないわけだから、方言っていうのは全部そうですから。
田辺　でも、佐藤さんが使うと、とてもピッタリした感じね。おらんでゝ、ゝ、い、ですよというのは。（笑）
いま右傾化してるでしょ、あんなんは、ほっとかれないわ
佐藤　田辺さんの文章って、あれはすらすらでるの？

田辺　暇かかってますね。
佐藤　一行書いては考え、っていうの？
田辺　そういうときがありますね。
佐藤　それは、軽い文章を書こうとか、そういうことで苦労するわけですか。リズムを持たそうとか、文体に。
田辺　暇かかるっていうのは、書くまでが暇かかるわけ。書きだすとはやいわけ。
野坂　『感傷旅行』だってなんだって、見てて、一字書いてうーん、なんてことはあるわけないとおもうんだ。
田辺　最高はね、夜の九時からかかって、翌朝十一時まで五十枚というのがあるの。早い。三十枚ぐらい一晩でとばすね、書きだせば。
佐藤　それは早いわ。そう。いつも締切りの遅いほうの横綱って聞いてたから、書くの遅いのかとおもった。
田辺　書くまでが長いの。
佐藤　そうじゃないと、あれだけ書けないわ。
野坂　痛くなりますか？
田辺　肩が凝るぐらいですね。

佐藤　あたしゃ、そんな三十枚書けないわ。
田辺　五十枚の短篇だったら、何日ぐらいかかるの？
佐藤　五日ぐらいね。
田辺　それじゃあ、いっしょね。考える時間があるから、いっしょ。四日ぐらい考えて、一晩で書く、わたし。
佐藤　考えるのは、ふだん電車の中とか、茶碗洗いながらとか、そういうとき考えてるわけ？
田辺　そういうときも考えているけどねぇ。
佐藤　わたしは、昔は過去形で終らせるか、現在形で終らせるかについて、そこではたとゆき止まって数時間考えたり、そんな書き方してたんですよ。
田辺　若いころはそうだったわねぇ。わたしとするか、彼女とするかで困ったりね。もういまは、そんなことはほとんど考えないわねぇ。
佐藤　次から次から湧き出てくるような感じだわねぇ、田辺さんの読んでると。
田辺　書いてるときは、なにを書いてるか分んないんですよ。いま鉛筆にしているけれど、消す時間がもったいないぐらい。
野坂　佐藤さんのも、随分湧き出てくるという感じがしますけどもね。

佐藤　だから、そう見えるんですよ。見えるけどもわりとそうじゃないの。

編集部　これは、田辺さんにも佐藤さんにもお聞きしたいんですけど、政治に興味はございますか？

田辺　間接的には興味があるなあ、わたしは一所懸命、自分なりの政治活動しているつもりなんだけどな。

佐藤　わたしは分んないんですよ、正直言って、全然。

編集部　自分で政治に関係するっていうお気持はないですか？

佐藤　いやー、全然。

田辺　わたしもない。

野坂　政治ってのはいいですよ。あれは結構亭主の代りになりますよ。

佐藤、なーんで、亭主の代りに。

野坂　やってると結構、性的な満足があるらしいですよ。いや、そういうこと言うと、また怒られるな。

田辺　わたしはね、自分では政治運動したり選挙にたったりはしないけれども、書くほうではやっていきたいと思うわね。

佐藤　書くって、どういうこと？　小説のなかで？

田辺　小説にも投影はするとおもうけれど、雑文なんかだと書くわね。チョットいま右傾化してるでしょ、あんなん、やっぱりほっとかれないと思うし。それはあるの、ものすごく。でも、あんまり左傾化するのも困るし、左も右も駄目やねん、わたしは嫌いやねん。とくに、変な、嫌らしいのがうろうろしてるのは厭ね。

佐藤　わたしは、大体、政治家のタイプっていうものに対するね、嫌悪感が……。だから、そういう人たちがつくっている社会っていうのは全然違う星の物語で、新聞やなんかに報道されていることだってね、どこまでが本当でどうなのか、分らないという絶望感がまずあるわけ。

田辺　それは、もうほっとかれないと思うの、わたし、やっぱり。書いてる以上は、これはいけない、あれはああだっていうのは、チョットずつぐらいは書かないといけないという気はあるわね、わたしは。

佐藤　でも、偽りの報道をされてるかもしれないでしょ。ほんとはそうでなかったということが、何十年か後に分ったとか。

野坂　自分の皮膚感覚ってなものは、佐藤さんの場合に、男に対する感覚はものすごく確乎たるものがあるけれども、政治家の場合には、今度、全然あれしちゃうわけですか。

佐藤　そう、ないわけ。分んないわけです。当時は、否定されていることでも、大きな歴史の流れの中で見たら、必要なことであった、ということがあるでしょう。そう考えてゆくとわからなくなるのよ。

田辺　われわれ戦中派っていうのは、分るでしょ、戦時中の感覚で。戦時中の感覚を基にして考えてるわね、もしわたしに政治的な意識があるとすれば。で、戦争中のああいう風なのになったらいけないっていう、そういうのがあるから、それを基準にしてものを考えるわけ。これはいけないとか、ここまでは許せるというような。許せるというのは、今の時代はほとんどなくなったけれどもねぇ。だから、そういう形では書きますね。

性欲の話してんの？　春風吹いてきたら起きるかもしれんし

野坂　佐藤さんの今後の計画は。
佐藤　なんの？　人生のですか。まず胆嚢を直すことですわ。
野坂　それは、ぼくが看ますから。胆嚢は抜きにして。
佐藤　あとはなんにも計画なしです。大体、計画なんかたてたことないの。
野坂　結婚なんていうのは。
佐藤　それもないですね。
野坂　どういうとこが一番いいんですか？

佐藤　楽しいことですか？
野坂　たとえば、褌《ふんどし》の中でもって金玉がブラブラしてるみたいなのがいいんですか。
佐藤　それは一種の郷愁みたいなもんでね。
野坂　今、現在としてはどうですか。今さら阪神電車に戻るわけにはいかないんで。（笑）
佐藤　いや、だから、田辺、佐藤の対談なんて言ったたって、片一方は現役の力士であって、わたしは引退力士みたいな感じになってるわけ、いま。
野坂　引退しても、現役に戻りたいというものもあるわけだからね。（笑）
佐藤　今日この頃では、引退力士の感じなんですよ。
野坂　もう引退しちゃったんですか？
佐藤　気分的に引退。それだから、仕事もこれだけですよ。あとは……。
野坂　性欲の話ですよ。（ト、唐突に）
佐藤　性欲の話してんの？　わたし仕事の話したの。性欲っていうのは今は病気だからないけれども、春風吹いてきたら起きるかもしれないし、そんなこと、計画言えないよ。
野坂　そういうときには、ゼヒ、ぼくに電話をしてください。（笑）ぼくは割と年増好みでね。（ト、シツコク）
　田辺さんいかがですか、今後の計画としては、古代の方へずっと戻っていくんですか。

田辺　古代も現代もなるべく仕事を控えて、怠けようとおもいますね。だから、今、テレビ、ラジオ、講演いっさいお断り。インタビューもお断り、時間かかるから、なるたけおっちゃんといます。（笑）なるべく怠けようと思いますね。

野坂　佐藤さんは田辺さんについて、今後どんな風になると思いますか。

佐藤　女流文壇の雄になるでしょうね。

田辺　「雄」っていうのは可笑しいね。

佐藤　そうか。（笑）

田辺　わたしは、佐藤さんは結婚しはんのと違うか、なんて……。（笑）

愛と聖

野坂昭如

佐藤さんと田辺さんは、まことにぬかりなく、男性の、幼児期退行願望を充たして下さいます。お二方の前にまかり出れば、ぼくはたちまちイルカならぬ、阪急電車に乗った少年、アキユキちゃんになってしまうのだ。

ぼくはたとえば、家は裕福なのだが、継母に育てられて、いつも貧しい服を身にまとっている小学校五年生、学校の成績は算術と国史が得意、綴《つづ》り方は嘘ばっかり書くといって訓導に叱られている。年中、体のどっか怪我をし、乱暴なのだが、声はよくて、また馬が好き、馬力のオッサンと仲が好い。

「アキちゃん、またお母ちゃんにイケズされたんか」と、女学校一年の田辺さんがいう、「継母がどないしたいうの、世間にはようあることです」と、女学校五年の佐藤さんがきつい口調で、田辺さんの慈愛深いおせっかいをたしなめ、ぼくを無視する。昼下りの、すいている阪急電車は、沿線に繁る若葉の色をうつしつつ、まっすぐな線路を走る、つい最近、三の宮と梅田の間を、特急で二十五分になったのだ、ぼくは二人の美しい女学生にはさまれつつ、そんなことをぼんやり考えている。

あるいはまた、ぼくは大きなバケツと釣竿をもって、天長節の日、池に釣りに行き、何も獲れず、ぶらぶら歩いている、「うちの近くの防火用水に、メダカいてるよ、あれ釣れんのとちゃう」晴れているのに傘を持った田辺さんと、首に包帯を巻いた佐藤さんに出くわす。「そんなことしたらいかんわ、あれ、ボウフラわかさんために入れてあるねんもん」どちらの台辞が、どなたのものか、説明の必要はあるまい、二人は同志社の学生に関する噂話などしつつ歩き去る、裸足でふみこんだ池の、泥が指の間から盛り上り、表面はあったかかったが下はまだ冷《つ》めたかったことを思い出す。魚釣りもうまければ、甲虫《かぶとむし》探すのも上手で、年上の中学生と対等につきあっている小松左京が、自転車でやって来る、彼は女学生にも人気がある、彼なら、あの二人と、もっとマセたしゃべりしよるやろなと、うらやましい。

まあこのたわいない妄想を、実にお二方はかき立てて下さる、そして、この妄想に身をまかせている時ほど、心安まることはないのだ、聖なる、愛に充ちた存在と申さねばなりません。

お二方ともに、現在も女学生の雰囲気をただよわせていらして、その女学生は、いまどきの、猥雑《わいざつ》な色合い身にまとったシロモノとは天地雲泥の差、そりゃもういわくいいがたいかの女学生なのである、しかも、阪神間の女学生、跡見でも英和でもない、昭和十年代の、阪急沿線の、晩春から夏にかけての、けだるい女学生、宝塚にもあきて、アシカに餌をやっている女学生、大阪帝大医学部学生と、神戸高等商船学校生徒の従兄をもち、母方の叔父さんに、福原のレクチュアを受け、弟を時にサドマゾの対象とする女学生、そして、やさしい女学生なのだ。

お二方について、何か書こうとしても、つい甘美なる妄想世界に惹きこまれて、気がつけば、十時間近くたつ、甲子園プールの上に輝いていた太陽、麦藁《むぎわら》帽子かぶった田辺さんが、葉室選手を応援している、球場のネット裏上段に、別当を双眼鏡で見る佐藤さんの、三つ編みにあんだ髪の毛が、ひたとゆるがぬ。これは「十時間近くたつ」と書いたとたん、脳裡に浮かんだイメージなのだ。

だからお二方は、ぼくにとって宗教的存在といっていい、お二方の名前を口につぶやくまでもない、ひょいと思いうかべれば、たちまち一本だけ長く生えている陰毛を、しきりに気にしている少年アキユキに、あるいは、模型飛行機の材料を買いに出たものの、なにしろ同じ材料をこれで三度求め、すべて竹ヒゴを折ったり、霧吹きを強くしすぎて紙を破ったりして失敗、買うのが恥かしくて、もじもじしている、なんていうとジェスチュアクイズの問題みたいだけれど、こういったひっこみ思案で無器用なアキちゃんにもどってしまう。

ぼくは、田辺さんを「おセイさん」とよび、佐藤さんを「アイコちゃん」となれなれしげな輩をにくむ。昔の女学生は、決してこんなよばれかたをしなかった、中学生なら、どういうわけか、必ず女学生の姓名をきちんと口にした、「写真屋の娘なぁ」「ああタナベセエコか」てなものである、そして小学生が女学生の名を発する時は、「佐藤さんのお姉ちゃん、甲南へ入りはってんて」というのがならわしであった。

お二方の対談に立ち合わせていただいて、まことに有益だった、それはあたかも、学徒動員で工場へ出かけている女学生お二方が、戦争の見通しについて、あれこれ語るのをかたわらで拝聴し、オレも頑張らなあかんなあと、覚悟をあらたにする趣きだった。

老後のお聖さん

筒井康隆

康「お聖さんいてはりますか。ごめんやす」
聖「筒井さんやないの。久しぶりやね。まあおあがり。おじいちゃん。おじいちゃん」
純「なんや」
聖「筒井さん、来はったんよ」
純「ようお越し」
康「これは、かもかのおじいちゃん。久しぶりですなあ」
聖「どうぞ、こっちお入り」
康「そうそう。このたびはノーベル文学賞受賞しはったそうで、おめでとうさん」
聖「あんまり、めでとうないんよ。糸山英太郎の経済学賞と同時受賞やもんね」
純「アフリカの魔法医《ウィッチ・ドクター》が医学賞や。あれやったら、わしに呉《く》れた方がええのに」

聖「よっぽど、ことわろか思うたんやけどね。そやけど賞金はほしいからね。それで、通知に来はった大使館のひとに、お金だけください言うて見たの」
康「そんな、あつかましい」
聖「そしたら、怒りよってん」
康「そら怒るわ。やっぱり金がほしかったら、手ェ汚さなあかん」
聖「まあ、名ァ汚すいうた方がええけどね」
康「そんで、賞金はどないしました」
聖「悪銭身につかずやわ。もう、あれへん」
純「名ァ汚すやとか、悪銭やとか、ノーベル賞も落ちたもんや」
聖「そやけど、おじいちゃんね、わたしが貰うたもんやさかい、自分もノーベル文学賞取るいうて、この間から小説書いとるねん」
康「へええ。小説を」
純「そや。『かもかのジョナはん』ちうの書いとるんやけどな。この間、第一部五千枚書きあげて、おばあちゃんに、読んでみてくれ頼んどるんやけど、読む気せんちうて読んでくれんのや。筒井さん、あんた読んでくれへんか」
康「そんなもん、わし、よう読まん」

純「あかんんか」
聖「あかんあかん」
康「賞金は何に使いました」
聖「このインフレやろ。日本円で五億円やさかい、積みあげたら、そこの床の間いっぱいになってしもうてね。子供らが、来るたんびにちょっとずつ持って帰って、来たお客さんがまた、帰りがけにちょっとずつ黙って持って帰って」
康「黙って持って帰ったら、それ、泥棒やないか」
聖「早う言うたら、そやねん」
康「もう、おまへんか」
聖「この間まで、まだちょっとだけ残っとったんやけどね。もうないんよ」
康「そら残念」
純「まあ、酒でもおあがり」
康「おおきに。そやけど、お聖さんもう七十三ちうのに元気やねえ。同時代の女流作家たいてい死んでしもうとるちうのにね」
聖「わたしはまあ、のんびり生きとるからね。ほかの女のひと、みんな癇癪《かんしゃく》持ちやったり、男顔負けの負けず嫌いで気ィ強かったりして、それで早死にするんよ」

康「のんびりしてるにしては、よう仕事してはりますなあ。今、仕事は」
聖「それが『女の長風呂』また書かされてるの」
康「ながいこと続きますなあ」
聖「そらまあ、長風呂やもんね」
康「セックスの方は」
純「そらあんた、おばあちゃんになってもこんな綺麗な女のひと、ちょっとほかにおらんさかいな。毎晩、愛しとりまっせえ。ワハハハハハ」
康「あいかわらずやな」
聖「筒井さんも、白髪になったねえ。わたしも、千すじの黒髪が、これ、こないに千すじの白髪になって」
康「まあ、禿《は》げるよりましやからね」
聖「最近、小松（左京）さんはどないしてはるの」
康「あのひとは『日本沈没』の第三部を書くいうて、今、月へ行ってはります」
聖「野坂さんは」
康「あのひとは死にました」
聖「ああいう頑丈そうなひとが、かえってころっといくんよ。五木さんは」

康「もう書くのをやめてはりますけど、本人は休筆や言うてます」
聖「死にかけてはるんやね。可哀想に」
純「わしらももう、あまり長うないのとちゃうか。わしなんか、手ェがふるえて、注射器持てんようになってしもうてな」
康「えっ。その手ェで、まだ診察してはるんですか」
純「まだ、やっとんねん。注射するたびに針五、六本折るけどな」
聖「もう、患者五、六人殺しとるんよ」
康「やめた方がええと思うがなあ」
純「この食糧危機やから、人口減らした方がええねん」
聖「わたしが女に生まれてよかった思うんはね、女やさかい粗食に耐えられるんよ。筒井さん、これ食べて見いへん。おじいちゃんはいやがって食べへんけど」
純「筒井さん、やめとき、やめとき。そんなもん食えるかい」
康「これは何ですか」
聖「これがオタマジャクシの佃煮、これがメダカの団子」
康「いや、いただきます」
聖「ネコも殺して食べとるんよ」

康「ネコもシャクシも、ちうやつやね」

聖「筒井さん、まだそれほど痩せてへんみたいやね」

康「殺して食う気でっか。安達《あだち》ケ原やないか」

聖「ま、男は旨うないいうから」

康「女は食うんかいな。どもならんな。早う帰った方がよさそうやな」

純「まあ、そない怖がらんと、また、歌でも歌おうか」

聖「そや。歌うたおう、うたおう」

かくて三人、たちまち歌謡曲大会、童謡大会、軍歌大会、ジャズ大会をくりひろげ、翌朝に至る。

老後の佐藤愛子さん

川上宗薫

　私が佐藤愛子さんを知った最初の頃、彼女はみずみずしく、そして、若かった。襟ぐりの広いワンピースかなにかを着ていて、そこに白い肌が現われて、私は、〈やりたいなあ〉と思ったこともある。

　今でも、佐藤愛子さんはきれいである。ときどき、〈おや〉と思うほど、色っぽいと感じることがあるが、「やらしてくれよ」などとはいわないことにしている。

　そういう関係になる可能性については、彼女との間では、もうきれいさっぱり、私はあきらめている。

　愛子さんは、仕事のため、あるいは一時の精神的苦労のためか、体に少しガタがき始めているようである。

　私は、愛子さんが、「仕事のことを考えると茫然《ぼうぜん》となるわよ」といったのを聞いたことがあるが、その気持についてはよくわかる。

飲んだくれて、なにもしたくないような時が、私にもある。そういう時は、原稿を書くどころではなくて、ゲラに眼を通すのさえ、億劫《おっくう》で不可能な気持になる。

〈ああ、おれもガタがきた〉と、そんな時、私は思う。

愛子さんは、年齢とともに、ますます人々に対して、寛容な女性になってゆくのではあるまいか。

佐藤愛子さんは、人々にかなりおそれられているようだが、私は、一度も彼女をこわいと思ったことはない。

そして、おそらく、二人とも、これから年をとるにつれて、ますます互いに、こわくない存在になってゆくのではあるまいか。（といって、愛子さんは、私のことをこわいなどと思ったことが、これまで一度でもあるであろうか）

私は、老後の愛子さんに期待することがある。ますますやさしくなってゆく愛子さんに頼みたいことがある。しかし、その件について、ここに書くわけにはいかない。

愛子さんは、おそらく「わかってる、わかってる、黙ってわたしに任せなさいよ」と、いってくれるにちがいない。

これを読む人は、なんのことかわからないだろうが、そんなことはどうでもかまわないのである。

その期待が実現されるためには、愛子さんに、私よりも長生きしてもらわなくてはならない。

愛子さんは、六十二になっても七十になっても、おそらく、きれいにちがいない。もちろん、眼の下のしわとか、肌のしみとか、といったものは、これは、どうしようもないことなのだ。

だが、いくつになっても、〈さすが佐藤愛子〉と思わせる美しさが、必ずどこかににじみ出ているにちがいない。

それはなぜか、彼女自身が、常に、自分の老醜から眼をそむけようとしないせいなのである。

私には、やがて「瘋癲《ふうてん》老人日記」を書きたいという気持がある。まだ瘋癲老人ではないが、いずれ、それはやってくる。

佐藤愛子さんにも、それはやってくる。愛子さんは「瘋癲老人日記」が書ける人だ。

また、自分でも、なにをいっているのか、わからなくなってきた。読者にもわからないにちがいない。だが、それはどうでもよいことだ。

「耳が遠くなって、なにをいっているのか、わからないわよ、もっと大きい声でいってよ」

「そう、この前いったっけ？　最近、もの忘れが激しくて、同じことを何度でもいうみたいね。え、もの忘れが激しいこともいったって、かなり惨憺《さんたん》たるものね」

そういう佐藤愛子さんの言葉を、私は想像する。

しかし、おそらく六十五歳になっても、佐藤愛子さんは、電話のたびに先《ま》ず「川上さん、佐藤です」という口ぐせだけは同じにちがいない。

今、不意に、恐怖の図が私を襲ってきた。

それは、欲望に燃えた七十歳の佐藤愛子の眼が、ほぼ同じ年齢の私に注がれている図である。

「ねえ、川上さん、友達だったらなんとかしてよ、女は男とちがって、灰になるまでっていうでしょ。死ぬ時はなんとかめんどうみてあげるから、ねえ、お願い、いいじゃない、一発ぐらい」

その頃、女の子たちは、だれも私を相手にしなくなっている。

だが、世の中には残酷なことがある。まるっきり女からもてなくなったにも拘《かか》わらず、欲望だけはちゃんと残っていて、あすこが立ったりすることがあるかもしれない。

その時、佐藤愛子の熱い眼差《まなざ》しと、私の鬱屈した眼差しとがピタリと合う。

そして、そこに、知り合って四十年ぶりに、まるで「母をたずねて三千里」の物語りのような工合に、私たちはヒシと抱き合い、入れ歯の音を軋《きし》ませながら、お互いのものを探り合うのである。

最近、私には孫ができた。

去年結婚した娘に子供ができたのだ。だから、私はおじいさんである。

やがて、佐藤愛子さんにも孫ができるようになる。

愛子さんには一人娘がいる。この娘さんが結婚して子供を生むにちがいないからだ。

私には、孫をかわいいと思ったりする気持はない。

私の娘は、嫁ぎ先の札幌から電話をよこして、孫の名前を私に教え、

「会いにおいでよ」

などという。

私が、わざわざ孫に会いに行くような男だと思っているのかと、ちょっと私は、がっかりさせられた。だから、電話で、

「ふざけるんじゃないよ」

と、怒鳴ってやった。

そのことを、私が友達にいうと、友達は、

「かわいそうなことをいうなよ」

と、私をたしなめた。

ところで、佐藤愛子さんには、孫をわが子のようにかわいがるところがあるであろうか。おそらく、私と似て、ないにちがいない、と私は思う。

娘がいない時に、孫の守りをするようなふりをしながら、孫の体のどこかをつねって泣かすようなことをするかもしれない。

私は、犬のことで、以前、そんなことをやったことがある。家の中で、その犬は飼われていた。私が遊びに行くと、なれなれしいことおびただしい。

だから、私は、その家の者が買い物に行っている時に、耳を引っぱって、キャン、キャンと鳴かしてやったことがある。

以後、その犬は、私になれなれしくしなくなった。

おそらく、佐藤愛子さんは、そういういたずらを、孫に対して、やるのではあるまいか。

そう書くと、まるで、私は孫に対して、そういういたずらをやるように思えるが、私と彼女とは別で、彼女の方がいけずなのである。

佐藤愛子さんは、また、娘さんが嫁に行く時にも、おそらく、涙を流したりすることはないにちがいない。そういう点でも、私とはよく似ている。

私は、娘が結婚する時に、安堵の胸を撫でおろし、肩から荷がおりるのを覚え、「バンザイ」を叫びたくなったものだ。

ところが、世の中には、娘が嫁入る時に、とめどもなく涙を流している男がいる。しかも、それが、クマのような男なのである。

私は、あきれて、ものがいえなかった。

愛子さんは、私の娘の結婚式に、わざわざ札幌まで、菊村到と一緒にやってきてくれた。その恩を、私は返すために、愛子さんの娘さんの結婚式には列席し、テーブルスピーチをさせてもらうつもりである。

最近、ある編集者の結婚式に、テーブルスピーチを頼まれ、危うく破談になりかねないようなことをしゃべってしまった。

酔っぱらって、ズボンをはいたままオシッコをしたとか、工事現場の無人の飯場の畳の上でウンコをしたとか、そういう話をやったために、その若い編集者は、頭が変だと、新婦に思われたにちがいないからである。

だから、老後の愛子さんは、私のテーブルスピーチのために、せっかくの結婚式がこわれ、以後、ずっと娘の世話を見なければならない可能性をになっているわけである。

もちろん、私は、意図して娘さんの結婚式をこわそうなどとは思っていないが、〈あんな親じゃね〉と、新郎や、新郎の親たちが思ったとしても、それは、あくまで事実のせいであって、私のせいではないのである。

初出一覧

「男の結び目」……………………「佐藤愛子VS田辺聖子・対談1～11」を改題　『週刊小説』一九七二年二月十一日号～四月二十一日号
「対談　あぁ男　おとこ」……………『サンケイ新聞』一九七三年一月一日
「銃後と戦後の女の旅路」……………『中央公論』一九七四年八月号
「覆面対談　男性作家読むべからず」…『面白半分』一九七五年三月臨時増刊号
「鼎談　愛と聖のはざまで」…………「対談　聖女・愛染　佐藤愛子×田辺聖子　野坂昭如（立会人）」を改題　『面白半分』一九七五年三月臨時増刊号
「愛と聖」……………………『面白半分』一九七五年三月臨時増刊号
「老後のお聖さん」…………『面白半分』一九七五年三月臨時増刊号
「老後の佐藤愛子さん」……『面白半分』一九七五年三月臨時増刊号

本書は、『男の結び目』（一九七五年十月、大和書房刊）に、著者の対談・鼎談四編のほか、関連エッセイを加えて、新たに編集したものです。

本文中に、現在では不適切な表現とされるものの、一九七〇年代当時の世相、風俗にかかわる表現で言い換えが難しいため、そのままとした箇所があります。

中公文庫

男《おとこ》の背中《せなか》、女《おんな》のお尻《しり》

2018年4月25日　初版発行
2020年9月15日　3刷発行

著　者　佐《さ》藤《とう》愛《あい》子《こ》
　　　　田《た》辺《なべ》聖《せい》子《こ》

発行者　松田陽三

発行所　中央公論新社
〒100-8152　東京都千代田区大手町1-7-1
電話　販売 03-5299-1730　編集 03-5299-1890
URL http://www.chuko.co.jp/

DTP　平面惑星
印　刷　三晃印刷
製　本　小泉製本

Published by CHUOKORON-SHINSHA, INC.
Printed in Japan　ISBN978-4-12-206573-4 C1195

中公文庫既刊より

各書目の下段の数字はISBNコードです。978－4－12が省略してあります。

た-28-12
道頓堀の雨に別れて以来なり 川柳作家・岸本水府とその時代(上)　田辺聖子
大阪の川柳結社「番傘」を率いた岸本水府と川柳に生涯を賭けた盟友たち……上巻は、若き水府と、柳友たちとの出会い、「番傘」創刊、大正柳壇の展望まで。
203709-0

た-28-13
道頓堀の雨に別れて以来なり 川柳作家・岸本水府とその時代(中)　田辺聖子
川柳への深い造詣と敬愛で、その豊醇・肥沃な文学的魅力を描き尽す伝記巨篇。中巻は、革新川柳の台頭、水府の広告マンとしての活躍、「番傘」作家銘々伝。
203727-4

た-28-14
道頓堀の雨に別れて以来なり 川柳作家・岸本水府とその時代(下)　田辺聖子
川柳を通して描く、明治・大正・昭和のひとびとの足跡。川柳への深い造詣と敬愛でその豊醇、肥沃な文学的魅力を描く、著者渾身のライフワーク完結。
203741-0

た-28-15
ひよこのひとりごと 残るたのしみ　田辺聖子
他人はエライが自分もエライ。人生はその日その日の出来心——七十を迎えた「人生の達人」おせいさんが、年を重ねる愉しさ、味わい深さを綴るエッセイ集。
205174-4

た-28-17
夜の一ぱい　田辺聖子　浦西和彦編
友と、夫と、重ねた杯の数々……。四十余年の長きに亘る酒とのつき合いを綴った、五十五本のエッセイを収録、酩酊必至のオリジナル文庫。〈解説〉浦西和彦
205890-3

た-28-18
隼《はやぶさわけ》別王子の叛乱　田辺聖子
ヤマトの大王の想われびと女鳥姫と恋におちた隼別王子は大王の宮殿を襲う。「古事記」を舞台に描く恋と陰謀と幻想渦巻く濃密な物語。〈解説〉永田萠
206362-4

つ-6-14
残像に口紅を　筒井康隆
「あ」が消えると、「愛」も「あなた」もなくなった。ひとつ、またひとつと言葉が失われてゆく世界で、執筆し、飲食し、交情する小説家。究極の実験的長篇。
202287-4